DANIEL
HEART

FEARFUL CHRISTMAS

DER FEIND IN MEINEM HAUS

Dieses Werk ist frei erfunden. Ähnlichkeiten mit lebenden oder verstorbenen Personen, Orten oder Ereignissen sind rein zufällig. Die Darstellungen der Charaktere Megan und Adam wurden mithilfe künstlicher Intelligenz generiert. Etwaige Ähnlichkeiten mit real existierenden Personen – lebend oder verstorben – sind rein zufällig und nicht beabsichtigt. Aufgrund technischer Einschränkungen kann es zu leichten Abweichungen in der optischen Konsistenz der Charaktere kommen.

Erstveröffentlichung: September 2025

Umschlaggestaltung: Jasmin Kreilmann (www.jasmin-kreilmann.de)

Verlag:
Daniel Heart
c/o Block Services
Stuttgarter Str. 106
70736 Fellbach

Instagram: daniel.heart.autor
TikTok: @daniel.heart.autor
Mail: daniel.heart@icloud.com

Herstellung:
epubli – ein Service der neopubli GmbH
Köpenicker Straße 154a
10997 Berlin

Kontaktadresse nach EU-Produktsicherheitsverordnung:
produktsicherheit@epubli.com

Für Christian

Vorwort des Autors

Wie du dir vermutlich schon beim Anblick des Covers denken konntest: Dieses Buch ist kein Weihnachtsmärchen. Statt besinnlicher Geschichten am Kamin erwarten dich hier Themen, die alles andere als gemütlich sind. Es wird leidenschaftlich, intensiv und stellenweise auch düster.

Doch lass dich nicht täuschen: »Fearful Christmas – Der Feind in meinem Haus« bewegt sich irgendwo zwischen Dark Romance und Thriller – eine Mischform, die nicht klar in eine Schublade passt. Leidenschaft trifft auf Gefahr, Intimität auf Bedrohung. Wenn du schon in der Welt der Dark Romance unterwegs bist, wirst du merken: Dieses Buch geht nicht zwangsläufig an die äußersten Grenzen des Genres. Aber unterschätze es nicht – es ist dennoch alles andere als harmlos.

Hier geht es um emotionale Abgründe und toxische Dynamiken – aber auch um Sehnsucht, Nähe und den schmalen Grat zwischen Verlangen und Kontrolle. Dieser Roman vereint düstere Spannung mit psychologischer Intensität und bricht bewusst mit typischen Genre-Konventionen.

Dieses Buch ist eine fiktive Geschichte, und alle Charaktere sowie ihre Handlungen sind frei erfunden. Die Verhaltensweisen und Entscheidungen der Figuren spiegeln nicht zwangsläufig die Realität wider und müssen nicht mit den moralischen oder ethischen Vorstellungen des Autors oder des/der Leser:in übereinstimmen. Diese Geschichte dient ausschließlich der Unterhaltung.

Ebenso sei darauf hingewiesen, dass in diesem Buch bewusst auf die Erwähnung und Nutzung von Verhütungsmitteln verzichtet wurde. In der realen Welt sind verantwortungsbewusste Entscheidungen in diesem Bereich jedoch von großer Bedeutung.

»Fearful Christmas – Der Feind in meinem Haus« thematisiert potenziell triggernde Szenen und moralische Grauzonen (siehe Triggerliste auf der letzten Seite des Buches). Wenn du also nach einem kuscheligen Winterroman suchst, solltest du an dieser Stelle aufhören zu lesen und den Roman zur Seite legen. Vielleicht kennst du jemanden, der es »spicy« mag und sich über dieses Buch freuen würde.

Falls du jedoch keine Angst vor ein bisschen emotionalem Chaos hast – willkommen. Aber denk daran: Das hier ist nichts für Mauerblümchen.

Sollte dich dieses Vorwort nicht abgeschreckt haben, wünsche ich dir viel Spaß mit meinem ersten Roman.

Empfehlung: Dieses Buch ist für Leser:innen ab 18 Jahren geeignet.

Kapitel Eins

Kurz nach Einbruch der Abenddämmerung hatte sich die Dunkelheit über die Hamptons gelegt. Nur der gelegentliche Wind, der durch die Äste der hohen Bäume zog, durchbrach die Ruhe. Das große Südfenster des Hauses erstrahlte in einem warmen Licht und bot einen klaren Blick in das Innere des geschmackvoll eingerichteten Zimmers.

Ein prachtvoller Weihnachtsbaum verdeckte die Mitte des Fensters. Eine junge Frau bewegte sich im Hintergrund hin und her, mal sichtbar, mal verschwunden. Der Bildschirm eines Smartphones erleuchtete ihre arglosen Züge; sie hatte keine Ahnung, dass sie beobachtet wurde.

Ein Mann stand regungslos im Schatten der hohen Hecke, die das Anwesen umgab. Sein Gesicht blieb in der Dunkelheit verborgen, doch sein Blick lag fest auf der Frau. Er stand lautlos, die Haltung entspannt, der Atem gleichmäßig. Er konzentrierte sich darauf, unbemerkt zu bleiben, eins mit der Dunkelheit zu werden.

Der Schneefall hüllte die Umgebung in Weiß. Die Kälte der Nacht störte ihn nicht. Vollkommene Konzentration lag in seinem Ausdruck, wie bei einem Raubtier kurz vor dem Angriff.

Er hielt den Blick starr auf das Fenster gerichtet. Das warme Licht aus dem Inneren ließ die Silhouette der Frau sanft erstrahlen.

Plötzlich sah sie in seine Richtung.

Hat sie mich gesehen? Sein Körper spannte sich an, er bewegte sich keinen Zentimeter. Ihre Augen starrten in die Dunkelheit, als suchten sie etwas, oder jemanden. Die Anspannung wuchs in ihm, aber er blieb unbeirrt. Sie konnte ihn nicht bemerken.

Nach einem Moment winkte sie ab, als hätte sie den Gedanken an eine Bewegung draußen als Einbildung abgetan, um sich dann wieder dem Weihnachtsbaum zuzuwenden.

Die Frau hatte ihn nicht bemerkt. Sie schob sich eine Haarsträhne aus dem Gesicht, bevor sie etwas vom Boden aufhob. Eine helle, flache Kiste mit einer Schleife gebunden.

Ein Geschenk.

Der Mann trat einen Schritt näher, vorsichtig, der Schnee knirschte unter seinen schweren Stiefeln. Er kannte die Frau im Inneren nicht persönlich, doch er wusste, wie sie hieß: Megan.

Kapitel Zwei

Megan starrte auf das Bild ihres lachenden Vaters auf ihrem iPhone, eingequetscht zwischen der angezeigten Uhrzeit *17:42 Uhr* in strahlend weißen Lettern und dem grünen Hörer darunter. Verwundert über den Videoanruf, nahm sie ihn entgegen. Ihre Eltern sollten seit mehr als zehn Stunden in der Luft sein, praktisch fast landen. Obwohl Megans Familie keineswegs zu den Ärmeren zählte, weigerte sich ihr Vater hartnäckig, während solcher Langstreckenflüge die teure Satellitenverbindung der Airlines zu nutzen. Er leitete die Finanzen eines weltweiten Konzerns und war daher schon von Berufs wegen geizig.

»Liebling … wir können nicht von Minsk abfliegen… Flughafen technische Probleme … können nicht starten. Es … kommenden Stunden nichts daran ändern … müssen … morgen früh … versuchen …«

Die Stimme aus dem iPhone klang abgehackt, fremd. Und doch ließ der vertraute Klang zwischen den Störungen keinen Zweifel daran, wer da sprach.

Er trug, wie meist, einen Rollkragenpullover, dieses Mal in einem tiefen Marineblau, ein hochwertiger beiger Kaschmir-Schal lag locker um seinen Hals. Die wenigen Haare hatte er akkurat gestutzt; sie bildeten kaum mehr als einen schmalen Kranz um seinen Kopf. Sein rundliches Gesicht zeigte sich wie gewohnt glattrasiert, kein einziges Härchen störte das makellose Bild, das er stets von sich präsentierte.

Die Verbindung war katastrophal. Zwischen den unzähligen Unterbrechungen sah Megan, dass ihr Vater sprach, seine Worte aber nicht zu hören waren.

Lippenlesen gehört nicht zu meinen Stärken.

Ein technisches Problem hatte dem vorweihnachtlichen Urlaub ihrer Eltern ein unschönes Ende bereitet.

In der Hoffnung auf eine bessere Verbindung sah sie wartend aus dem Fenster. Draußen wirbelte der Schnee in dichten Flocken durch die Luft, der Wind peitschte gegen die Fensterscheibe und ließ die kahlen Äste der Bäume erzittern.

Innerhalb weniger Stunden versank die Landschaft unter einer dicken, zuckerweißen Schneedecke. Ein Schneesturm in den Hamptons. Genau das, was ihre

Freundin Emily ihr beim Brunch am Morgen prophezeit hatte.

»Du wirst heute Abend mit deinen Eltern in eurem Haus festsitzen«, hatte sie gelacht und sich eine Himbeere von ihrem Obstsalat geschnappt. Megan hatte nur mit den Schultern gezuckt, denn es gab schlimmere Vorstellungen, als Weihnachten mit ihren Eltern eingeschneit zu sein.

Doch jetzt saß sie allein im Landhaus fest. Seit ihrem Abschluss am College sah sie selten Nachrichten; diese deprimierten sie. Krieg, Korruption, Katastrophen. Und so hatte Megan nicht mitbekommen, dass dieser Sturm herannahte.

Enttäuschung überkam sie. Klar, sie war einundzwanzig Jahre alt, eine erwachsene Frau, hatte mit Bestnoten das College beendet und somit kein Kind mehr. Aber Weihnachten ohne ihre Eltern empfand Megan als schrecklich. Sie kannte beide gut genug, um zu wissen, dass diese sich mit Sicherheit genauso unwohl mit dem Gedanken fühlten, dieses für die Familie wichtige Fest ohne ihre einzige Tochter zu verbringen.

Obwohl die Verbindung weiterhin instabil blieb, ließ der Gesichtsausdruck ihrer Eltern keinen Zweifel an ihrer Enttäuschung. Megan sah in den Augen ihres Vaters, wie ihn die Situation bedrückte.

So hatte sie ihn lange nicht mehr gesehen.

»Es tut … leid … Schatz.«

Hinter ihrem Vater erschien Patricia, Megans Mutter, im Bild. Ihre Lippen bewegten sich stockend zur abgehackten Stimme. Sie bemühte sich um ein Lächeln, sah perfekt aus, genau wie immer: strahlend und tadellos. Patricia gehörte zu den Frauen, die scheinbar nicht alterten. Die blonden Strähnen lagen makellos frisiert, nicht ein Härchen schien sich zu widersetzen. Sie trug ihr Haar wie so oft in einer eleganten Hochsteckfrisur, die ihre hohen Wangenknochen und das jugendliche, kaum von der Zeit gezeichnete Gesicht betonten. Ihr Stil wirkte zeitlos. Der Kaschmirpullover saß wie maßgeschneidert, am Hals schimmerte die zarte Perlenkette, ergänzt durch die passenden Ohrringe.

Patricias Stimme klang gedämpft durch das Rauschen.

Ist die Verbindung aus dem letzten Jahrhundert?

»Wir versuchen … aber … Flughafen … heute gesperrt. Vor morgen früh … nicht weitergehen. Es tut … leid, dass … nicht bei dir … können …«

Megan nickte enttäuscht.

»Nicht schlimm.«

Ihre Stimme war kaum mehr als ein Flüstern. Sie versuchte, gelassener zu klingen, damit ihre Eltern sich nicht noch schlechter fühlten, konnte ihre Enttäuschung aber nicht überspielen. Megan hatte sich geweigert, mit ihnen zu fliegen, und nun saß sie allein im festlich dekorierten Landhaus inmitten eines Schneesturms in den Hamptons fest. Das Verhältnis zwischen ihr und ihrem Vater hatte sich in den letzten Monaten verändert. Genauer gesagt seit Mai, als sie ihr Grundstudium im Fachbereich Politikwissenschaften abgeschlossen hatte.

Megans Vater bestand darauf, dass sie ihr Studium genau dort fortsetzte, um Anwältin zu werden. Welche Pläne sie hatte, interessierte ihn nicht. Megan hatte keine konkreten Ziele. Erst einmal musste sie Abstand vom College gewinnen. Herausfinden, was sie mit ihrem Leben anfangen wollte. Andere hätten faul daheim herumgelungert. Aber nicht Megan. Sie arbeitete, obwohl sie es aus finanziellen Gründen nicht brauchte.

Eine von ihren Bekannten, eine Influencerin, hatte sie gebeten, ihr etwas unter die Arme zu greifen.

»Es … alles gut«, versuchte ihr Vater, sie zu trösten. Er kannte sie zu gut und wusste, wie schwer sie diese Nachricht traf.

Doch Megan hörte aus seiner Stimme, dass selbst er nicht an seine eigenen Worte glaubte.

»… Überraschung, … du nicht so traurig bist. Wir haben dir …«

Er lächelte, doch sein Lächeln erreichte weder seine Augen noch seine Stimme. Der Versuch, fröhlich zu wirken, war zu deutlich. Megans Blick fiel auf ein Geschenk, das seit der Abreise ihrer Eltern unter dem Baum lag. Trotz des Geizes ihres Vaters, wenn es um Satellitentelefonie aus dem Flugzeug ging, zeigte er sich gegenüber Megan und ihrer Mutter Patricia stets großzügig. Sie zwang sich zu einem Lächeln. Diese Überraschung ersetzte nicht die Gegenwart ihrer Eltern, aber sie wollte, dass ihr Vater sich gut fühlte.

»Danke, Dad.«

Sie klang zwar fröhlich, doch in ihrem Inneren war sie traurig.

Während sie das hell erleuchtete Display betrachtete, wünschte sie sich, sie hätte die Möglichkeit, wie durch Magie durch das iPhone zu greifen und die beiden zu sich zu ziehen. Das wäre ein Weihnachtswunder.

Für Megan war es keine Überraschung, was in diesem Geschenkkarton lag. Dafür musste sie ihn nicht einmal ansehen.

Es zählte zu den Familientraditionen, dass die Familie sich am vierundzwanzigsten Dezember in neue Pyjamas kleidete. Zur Tradition gehörte, dass stets ein wohlgenährter Santa engagiert wurde. Der gebuchte Weihnachtsmann fand immer ein paar Worte, die ihr Vater vorweg als Skript über die Agentur übermitteln ließ. Ebenso legte Santa jedes Mal Geschenke unter den prachtvollen Baum und posierte mit der Familie für ein paar Schnappschüsse.

Zum Abschluss dieser Tradition folgte das alljährliche Familienfoto auf der Treppe.

Doch in diesem Moment füllte diese schöne Erinnerung Megans Herz mit Trauer. Sie hatte ihre Eltern vor ein paar Jahren gebeten, auf einen Santa zu verzichten. Sie war kein kleines Kind mehr. Ihr Vorschlag machte ihren Vater und vor allem ihre Mutter damals so traurig, dass sie sofort zurückruderte und nie wieder darum bat, mit der Familientradition zu brechen.

Die Verbindung brach zunehmend ab. Nach ein paar tröstenden Worten verabschiedete sich Megan von ihren Eltern, legte ihr Smartphone auf den Couchtisch und schritt langsam durch das Wohnzimmer Richtung Weihnachtsbaum.

Kapitel Drei

Eleganz und Reichtum prägten das Wohnzimmer, ohne dabei den Geschmack aus den Augen zu verlieren. Großzügiger Schnitt und eine hohe, gewölbte Decke. Alles wirkte durchdacht und harmonisch.

In der Mitte des Raumes hing ein atemberaubender Kronleuchter aus handgeschliffenem Kristall. Sobald das Licht eingeschaltet wurde, funkelten Lichtstrahlen wie ein Sternenhimmel auf die perfekt polierten Böden aus dunklem Eichenholz.

Die Wände leuchteten in einem warmen Champagnerton, verziert mit kunstvollen Stuckleisten.

Neben dem Durchgang zum Esszimmer erhob sich ein monumentaler Kamin, der die Nordwand dominierte. Das Feuer darin sorgte normalerweise für eine behagliche Wärme, bot nun aber nichts als gähnende Dunkelheit.

Auf dem Sims darüber standen symmetrisch angeordnete, silberne Kerzenhalter und Familienfotos in mit Gold verzierten Bilderrahmen. Einundzwanzig Jahre in Fotografien.

Ein Foto zeigte Megan als wohlgenährtes Baby; auf dem nächsten Bild strahlte sie als kleines Kind mit einer großen Zahnlücke und blonden Zöpfen.

In einem weiteren Rahmen lächelte eine siebzehnjährige Megan in einem eleganten blauen Kleid in die Kamera, neben einem schlaksigen Jungen ihres Alters, mit einem farblich perfekt auf sie abgestimmten Anzug. Während Megan auf den bisherigen Fotos vor Lebensfreude strahlte, zeigte dieses Bild eine junge Frau, die ein Lächeln aufsetzte. Ihre Augen verrieten etwas anderes: ihre Unbeschwertheit, verschwunden zwischen dieser und der vorherigen Aufnahme.

Das letzte Bild hielt einen Moment für die Ewigkeit fest, auf den ihre Eltern stolz gewesen waren. Die Aufnahme entstand erst vor wenigen Monaten. Mit ihrer Urkunde in der Hand stand sie im Mittelpunkt des Fotos, umrahmt von ihren Eltern, die ihr gleichzeitig links und rechts einen Kuss auf die Wange gaben. Sie strahlten bis über beide Ohren, voller Stolz auf den Erfolg ihrer Tochter. Ihre Eltern liebten das Foto, und Megan zweifelte nicht daran: Würde ein Brand in ihrem Haus ausbrechen, würde ihre Mutter beim Hinausrennen genau dieses Bild retten.

Inmitten des Wohnzimmers perfekt arrangiert: eine riesige cremefarbene Couch. Davor ein gläserner Couchtisch mit goldenen Beinen. Zwei Sessel mit hochgezogenen Lehnen vervollständigten die Sitzgruppe.

Vor dem bodentiefen Panoramafenster, das die gesamte Südwand einnahm, stand ein imposanter Weihnachtsbaum. Der üppig behangene, beleuchtete Baum stellte einen perfekten Gegensatz zur stillen, winterlichen Szenerie dar, die sich hinter dem Fenster erstreckte: ein schneebedeckter Vorgarten mit gepflegten Hecken und Bäumen, die im Sommer Schatten boten und nun die Umgebung noch dunkler erscheinen ließen.

Im ganzen Raum wirkte jedes Detail sorgfältig ausgewählt und mit Bedacht arrangiert: ein antikes Sideboard, darauf ein paar Weihnachtsfiguren aus Porzellan, die ihre Mutter über all die Jahre gesammelt hatte. Eine lange Lichterkette wand sich um die Figuren.

Daneben stand ein schwerer, alter Holzstuhl, ein Familienerbstück, dessen Sitzfläche vor Kurzem erst von Patricia neu gepolstert worden war. Megan bewunderte ihre Mutter nicht nur für ihre Eleganz, sondern auch dafür, dass sie die Dinge selbst in die Hand nahm, sobald es darauf ankam. Der cremefarbene Stoff harmonierte perfekt mit der restlichen Einrichtung und verlieh dem Stuhl eine zeitlose Eleganz. Trotz seiner schweren Bauweise wirkte er leicht und einladend.

Dieses Wohnzimmer stellte mehr dar als bloß einen Raum. Es spiegelte exakt die Familie wider, die hier lebte: reich, elegant, mit einem Hang zur Perfektion.

Megan betrachtete den riesigen Weihnachtsbaum, der sich majestätisch bis zur hohen Decke emporstreckte. Kein beliebiger Baum, sondern eine über drei Meter große Nordmanntanne aus einer europäischen Baumschule, frisch eingeflogen und von einer Agentur in Manhattan geliefert, die sich auf exklusive Festdekorationen spezialisiert hatte. Selbst auf den Zehenspitzen, auf einem Stuhl stehend, hätte sie die Spitze nicht erreicht. Dort thronte ein funkelnder Stern, besetzt mit tausenden kleinen Kristallen, die das Licht in alle Richtungen brachen und reflektierten. Fast wirkte es, als hätte sich ein Stück des Nachthimmels in ihr Wohnzimmer verirrt. Der Baum bildete stets das Herzstück ihrer Weihnachtsfeiern. Ihre Mutter hatte darauf bestanden, dass er jedes Jahr größer und beeindruckender wurde.

Größer ist bald keine Option mehr. Der Baum reicht ja schon fast bis zur Decke.

Geschmückt mit unzähligen funkelnden Lichterketten, die wie kleine Sterne glänzten, tauchte er den Raum in ein dezentes Licht. Während Megan den Baum betrachtete, blieben ihre Augen an einer Kugel hängen, die links etwas zu locker an einem Zweig befestigt war. Fast so, als würde das Ornament jeden Moment herabfallen, wenn man es nur lange genug ansah.

Mit einem leisen Seufzen trat Megan näher. Sie wollte nicht, dass der Schmuck zu Bruch ging. Vorsichtig griff sie danach, löste ihn vom Zweig und hielt ihn in der Hand. Der sanfte Glanz der Kugel reflektierte das warme Licht der Lichterkette, und für einen Moment blieb Megan stehen, um das Bild zu bewundern.

Die Dekoration stand dem Baum in nichts nach. Kugeln in Gold und Champagnerfarben hingen harmonisch verteilt an den Ästen, jede einzelne ein kleines Kunstwerk. Manche schimmerten matt, andere glänzend, und einige waren mit filigranen Mustern, Perlen und Kristallen verziert. Zwischen den Kugeln zogen sich hauchzarte Girlanden aus goldenem Netzstoff, die den Baum wie einen magischen Schleier umhüllten.

Am Fuße der Tanne lag ein perfekt verpacktes Geschenk mit kunstvoll gebundener Schleife und genau auf die Dekoration abgestimmten Farben. Megan amüsierte sich beim Anblick dieser Perfektion.

Sie trat näher und strich mit den Fingern über einen der Äste, ihre Gedanken abschweifend. Dieses Jahr fühlte sich alles anders an als sonst. Keine Stimmen, kein Lachen. Nur Stille. Megan spürte die Abwesenheit ihrer Eltern schmerzlich.

Kapitel Vier

Plötzlich fiel ihr etwas hinter dem Fenster auf. Eine Bewegung. Sie erstarrte und drehte den Kopf leicht; ihre Augen versuchten, die Dunkelheit zu durchdringen, die draußen jedes Detail verschluckte. Die Lichtreflexionen des Fensters machten es nahezu unmöglich, irgendetwas zu erkennen.

Bestimmt die Nachbarskatze.

Megan schüttelte leicht den Kopf. Die graue alte Katze war dafür bekannt, abends durch die Gegend zu streunen. Megan hoffte inständig, dass die Katzenklappe der Bakers funktionierte und das arme Tier nicht in der Kälte frieren musste. Sie wusste, dass die Haushälterin der Nachbarn in ihrer Abwesenheit oft nach der pelzigen Seniorin sah. Draußen herrschte bittere Kälte, und Megan nahm sich vor, später selbst nach der Katze zu sehen. Misty, ein zutrauliches Tier, lebte schon über dreizehn Jahre in der Nachbarschaft. Als Mädchen hatte sie oft mit ihr gespielt. So zahm Misty auch wirkte, manche feine Narben, die Megans Beine zierten, erzählten eine andere Geschichte.

Mit einem Schmunzeln wandte sie sich wieder dem Baum zu.

Einundzwanzig Jahre alt, und ich lasse mich von Misty erschrecken.

Sie hängte die Kugel diesmal an einen höher gelegenen Ast und trat zurück, um ihr Werk zu betrachten. Der Baum strahlte in all seiner Pracht, doch ein seltsames Gefühl breitete sich in ihr aus, das sie nicht ganz einordnen konnte.

Dennoch faszinierte sie die schöne Szenerie. Sie erinnerte sich an die vergangenen Weihnachtsfeste, an das Lachen, die Musik und den Duft von frisch gebackenen Plätzchen. Doch dieses Jahr blieben nur sie und der Baum. So lebendig und glanzvoll er schimmerte, in der Stille wirkte er erdrückend.

Megan seufzte leise und trat einen Schritt zurück. Trotz seiner Schönheit tröstete der Baum sie nicht über dieses traurige Weihnachtsfest hinweg. Sie bückte sich, um das Geschenk aufzuheben. Die edle Schleife glänzte im Licht des beleuchteten Baumes. Vorsichtig öffnete sie die Verpackung und hielt einen roten Seidenpyjama in den Händen. Ein Luxusstück, wie alles, was ihre Eltern ihr je geschenkt hatten. Doch statt Freude über das wunderschöne Geschenk fühlte sie sich nur noch trauriger.

Kapitel Fünf

Megan zog sich in eines der Badezimmer zurück. Sie stand vor dem großen Spiegel, der jedes Detail einfing und den Raum in warmem, gedämpftem Licht erstrahlen ließ.

Sie betrachtete ihr geschminktes Gesicht. Ihre zarte Haut hatte einen dezenten Glow. Ihre großen, klaren Augen – ein leuchtendes Blau, das an das Meer erinnerte – waren betont mit einem subtilen Smokey-Eye Look. Die dunklen Wimpern, durch Mascara verlängert, rahmten ihre Augen perfekt ein. Ihr Schmollmund, glänzend durch transparenten Lipgloss, wirkte weich und einladend. Das blonde Haar, gelegt in einen Mittelscheitel, der ihrem Gesicht eine sanfte Kontur verlieh, fiel ihr in leichten Wellen bis weit über die Schultern. Ihre Figur wurde im Spiegel sichtbar. Mit etwa einem Meter fünfundsechzig war Megan zwar nicht groß, wirkte durch ihre langen Beine aber oft größer. Trotz ihrer schlanken Figur hatte sie Kurven an den richtigen Stellen, die sie sehr feminin erscheinen ließen, vor allem ihre vollen Brüste. Die schwarze Spitzenbluse, die sie trug, betonte ihre Taille und harmonierte mit ihrem eleganten Make-up.

Ein kurzes Lächeln huschte über ihr Gesicht, als sie sich musterte. Ein Lächeln, das mehr von Routine erzählte als von Selbstsicherheit.

Sie wusste, dass sie gut aussah, doch manchmal fragte sie sich, wie viel von diesem Bild wirklich sie selbst war und wie viel nur das Ergebnis der Erwartungen anderer. Die perfekte Tochter, bald die perfekte Anwältin. So sah ihr Vater sie. Ihre Mutter wollte hingegen nur, dass sie das tat, was sie glücklich machte.

Megan strich sich eine blonde Strähne hinter das Ohr und atmete tief durch. Der Spiegel zeigte Perfektion – zumindest das, was die Welt sehen sollte. Doch in ihr drängten sich Gedanken, die dieses Bild immer wieder hinterfragten. Sie ließ Wasser in die Badewanne und gab das Lieblingsbadeöl ihrer Mutter hinzu. Auf dem Rand der Wanne sitzend, verrührte sie das Öl mit ihrem manikürten Zeigefinger im Wasser. Megan entschied sich, ihre Haare hochzustecken und sich nicht abzuschminken. Sie beschloss, ihren Eltern nach dem Bad mit einem fröhlichen Selfie im neuen Pyjama eine Freude zu machen. Und zusätzlich plante sie, dieses Foto für ihren Social-Media-Account zu nutzen.

Da würde ein bisschen Make-up für die digitale Scheinwelt nicht schaden, dachte sie sich. *Anschließend kann ich mich immer noch abschminken.*

Sie tauchte langsam in das dampfende Wasser, das ihren Körper umhüllte und Erleichterung verschaffte. Megan verlor sich in Gedanken, überlegte, wie es ihren Eltern im über siebentausend Kilometer entfernten Minsk erging. Sie redete sich ein, dass sie alt genug sei, Weihnachten ohne sie zu überleben.

Das ist kein Drama, beruhigte Megan sich.

Nach kurzer Zeit stieg sie aus der Badewanne und trocknete sich ab. Sie schürzte die Lippen, als sie den seidenen Pyjama anzog. Der Stoff schmiegte sich sanft an ihren Körper. Jedoch ließen sich die obersten zwei Knöpfe des Oberteils nicht schließen. Ihre Mutter hatte beim Kauf nicht die Größe von Megans Brüsten bedacht.

Seufzend verließ sie das Badezimmer. Das geplante Selfie vor dem Weihnachtsbaum musste warten.

Megan und ihre Freundinnen hatten vieles gemeinsam. So liebte die ganze Mädels-Clique einen bestimmten Weihnachtsfilm, und eine ihrer Freundinnen hatte beim Brunch am Morgen erzählt, dass genau dieser Film am Abend läuft.

Kein Filmabend ohne Snacks.

Megan durchquerte das Esszimmer in Richtung Küche, einem modernen Meisterwerk, das aus einem Hochglanz-Magazin hätte stammen können. Sie erstreckte sich über einen großzügigen Raum mit einer Kochinsel als zentralem Herzstück. Megan nahm sich Weißwein aus dem Kühlschrank und ein Weinglas aus dem Schrank und goss sich einen großen Schluck ein.

Kapitel Sechs

Er hatte sie schon länger nicht mehr gesehen.

Wo ist sie?

Getrieben von seinem Plan, näherte er sich seitlich dem Haus in Richtung des Gartens. Der Schnee knirschte unter seinen Stiefeln, während er um das Gebäude schlich. Jeder Schritt hinterließ tiefe Spuren in der frischen, unberührten Schneedecke, die das Landhaus umgab.

Er bemerkte eine Bewegung unmittelbar neben sich. Eine graue Katze schlich über den Schnee, ihre Pfoten hinterließen zarte Abdrücke. Sie sah ihn mit großen, neugierigen Augen an und verschwand geräuschlos in einer der hohen, schneebedeckten Hecken, die das Grundstück umschlossen und es vor den Blicken Fremder schützten.

Aber nicht vor seinen.

In der Mitte des Gartens stand ein Poolhaus, dessen Fenster schwach im Widerschein der Lichter aus dem Haus schimmerten. Den Pool, welcher mit einer Abdeckung versehen war, umgab eine zarte Schicht Frost.

Erneut bemerkte er die Katze, die sich nun vor ihm aufbäumte. Mit einem tiefen, warnenden Fauchen stellte sie sich ihm entgegen, ihre Augen funkelten wie zwei gelbe Edelsteine in der Dunkelheit. Sie beobachtete ihn genau. Sie nahm den Fremden als Eindringling wahr, der nicht in diesen friedlichen Garten gehörte. Mit einer ruckartigen Bewegung täuschte er an, nach ihr zu treten, dass sie aufschreckte und mit einem drohenden Fauchen zurückwich. Der Unbekannte beobachtete, wie das Tier mit aufgebauschtem Schwanz in die Dunkelheit verschwand.

Sein Blick wanderte zurück zum Haus, und durch das hell erleuchtete Fenster der Küche entdeckte er Megan endlich. Sie stand an der Arbeitsplatte und goss sich Wein in ein Glas. Für ihn schien es, als würde sie in ihrer eigenen Welt verweilen.

Der Abend hatte kaum begonnen, doch die Vorzeichen waren klar: Während Megan in ihrer scheinbar heilen Welt verweilte, lauerte er bereits in der Dunkelheit.

Kapitel Sieben

Megan holte eine Schachtel mit Mikrowellenpopcorn aus dem Schrank und riss die Verpackung auf, während sie die Mikrowelle öffnete.

»Drei Minuten und du bist mein.«

Voller Freude auf diesen Snack schob sie die Tüte in das Gerät und stellte die Zeit ein. Das leise Summen der Mikrowelle füllte die Stille in der Küche, begleitet vom knisternden Geräusch der ersten Maiskörner, die aufplatzten.

Während sie wartete, öffnete sie das Eisfach, um einen Becher ihrer Lieblingssorte Eiscreme hervorzuholen. Ihr Blick fiel kurz auf das gut sortierte Fach, die penibel geordneten Lebensmittel, vakuumierte Beutel, perfekt von Patricia beschriftet. Ein für ihre Mutter wichtiges Detail.

»Ordnung muss sein.«

Der Satz klang fast wie ein Echo ihrer Mutter. Megan schloss die Tür mit der Hüfte und nahm einen Schluck des kühlen Weins, bevor die Mikrowelle piepte. Sie riss vorsichtig die heiße Tüte auf, und ein Schwall dampfenden Butterdufts stieg ihr in die Nase. Sie nahm einen Löffel aus der Schublade. Mit der Schüssel und dem Eisbecher in einer Hand, der Weinflasche, dem Weinglas und dem Löffel in der anderen, ging sie ins Wohnzimmer, wo sie sich auf die große, weiche Couch fallen ließ.

Der Fernseher erwachte zum Leben, und Megan scrollte durch die Sender, bis sie den romantischen Weihnachtsfilm fand. Eine kitschige Komödie, aber genau das, was sie jetzt brauchte. Sie zog sich die flauschige, cremefarbene Decke über die Beine, griff nach einer Handvoll Popcorn und lehnte sich zurück. Für einen Moment fühlte sich alles fast normal an. Nur sie, der Weihnachtsbaum, der flackernde Fernseher und die warmen Klänge der Filmmusik.

Das Schneetreiben draußen und das Fehlen ihrer Eltern vergaß sie – zumindest für einen Moment. Aber sie konnte sich nicht auf den Film konzentrieren. Ihr Blick schweifte immer wieder zu dem Baum, dann hinaus in die Nacht. Megan wollte nicht aufstehen, um weitere Lichter einzuschalten. In der Straße waren die anderen Häuser dunkel und verlassen, die unmittelbaren

Nachbarn alle verreist. Zurück blieb nur eine gespenstische Leere.

Ihre Gedanken drehten sich um ihre Eltern, die in Minsk festsaßen. Das Gespräch, das sie bald mit ihrem Vater führen musste, beschäftigte sie. Eines, das sie immer wieder aufgeschoben hatte.

Den ersten Versuch hatte sie vor wenigen Wochen unternommen und war kläglich gescheitert. Megan hatte Angst, wie ihr Vater reagieren würde, wenn sie ihm beichtete, keine Anwältin werden zu wollen. Sie beschloss, früh schlafen zu gehen und auf ein Weihnachtswunder zu hoffen: dass ihre Eltern am Morgen durch die Haustür treten.

Doch die Realität war ernüchternd. Selbst wenn der Flug bald starten würde, dauerte dieser allein über zehn Stunden. Hinzu kam der witterungsbedingte Zustand der Straßen in den Hamptons, der jede Hoffnung noch unwahrscheinlicher machte. Die Fahrt vom Flughafen zum Landhaus würde bei diesem Schnee ewig dauern.

Kapitel Acht

Der eisige Wind biss ihm ins Gesicht. Sein Atem bildete kleine Dampfwolken in der kalten Nachtluft, während seine dunklen Augen das Innere des Hauses beobachteten.

Megan hatte das Licht in der Küche gelöscht. Ihre schlanke Silhouette war nur für einen Moment im schwachen Schein eines weiteren Zimmers zu sehen, bevor sie erneut verschwand.

Er bewegte sich fast lautlos um das Haus herum, bis er wieder am großen Südfenster stand. Von hier hatte er die beste Sicht. Dort saß sie, nichts ahnend, mit einer Wolldecke zugedeckt auf der Couch. Ihre Aufmerksamkeit galt dem flackernden Licht des Fernsehers, aber er erkannte nicht genau, was sie sich ansah.

Doch eines wusste er: Sie hatte keine Ahnung, was gleich auf sie zukommen würde.

Mit einem tiefen Atemzug sammelte er sich. Sein Blick wanderte über das imposante Haus, die Weihnachtslichter, die funkelnden Schneeflocken, die auf das Dach herabfielen.

Dann setzte er sich in Bewegung. Schritt für Schritt durchbrachen seine schweren Stiefel die immer dicker werdende Schneedecke, hinterließen tiefe Abdrücke, die den Weg zu seinem Ziel verrieten.

Nun stand er vor der eindrucksvollen Haustür. Der pompöse Türkranz mit seinen immergrünen Zweigen und roten Beeren versprach Wärme, Schutz und Frieden. Und doch trat das pure Chaos mit ihm an die Schwelle. Langsam hob er seine große Hand, seine Finger schwebten einen Moment über der goldenen Klingel. Ein leises Klicken erklang, als er die Taste berührte. Ein Vorbote, direkt gefolgt von einem glockenklaren Läuten.

Es kann losgehen. Ich bin bereit.

Kapitel Neun

»Hat es geklingelt?«

Megan hielt irritiert kurz inne, das Popcorn noch im Mund.

Die Lautstärke des Fernsehers dominierte die Geräuschkulisse des Wohnzimmers. Der Film zeigte gerade eine Szene, in der eine Familie am Weihnachtsmorgen fröhlich ihre Geschenke auspackte.

Nein, da ist es schon wieder. Jemand ist an der Tür.

Megans Herz stolperte vor Schreck.

Wer will jetzt noch was von mir?

Ein Teil von ihr hoffte, eine Freundin käme spontan zu Besuch. Sie schüttelte den Kopf. Am vierundzwanzigsten Dezember verbrachten alle den Abend gemeinsam mit ihren Familien.

Wer kommt denn heute, an diesem Tag und vor allem um diese Zeit noch vorbei?

Sie griff nach ihrem iPhone auf dem Couchtisch und betrachtete die Uhrzeit. Es war mittlerweile 19:05 Uhr. Sie legte das Smartphone mit dem Bildschirm nach unten auf den Couchtisch und schaltete den Fernseher aus. Langsam stand sie von der Couch auf, legte die Wolldecke über die Lehne und ging Richtung Haustür. Ihre Hand umfasste zögerlich die Türklinke.

Ohne durch den Spion zu schauen und ohne zu fragen, wer davorstand, öffnete sie die Tür einen Spalt. Und kaum war diese ein wenig geöffnet, bereute sie ihr unvorsichtiges Handeln. Ihre anfängliche Erschrockenheit wich einem Schmunzeln, als sie die Tür weiter öffnete. Vor ihr stand ein Mann, fast zwei Meter groß, verkleidet als Santa Claus.

»Mein Dad hat wohl vergessen, dir abzusagen. So ist er. Immer in Gedanken. Das tut mir so leid.«

Ein freundliches Lächeln begleitete ihre Worte.

Vor ihr stand kein typischer Weihnachtsmann. Der Anblick des Mannes verwirrte Megan. Er war außergewöhnlich groß und breitschultrig. Diesen Fakt konnte man selbst durch die Kleidung erkennen.

Die Ärmel des Kostüms spannten sich über seine kräftigen Arme. Seine Statur nahm fast die gesamte Tür ein. Megan erinnerte sich an die anderen Santa-Darsteller aus den vergangenen Jahren: ältere, väterliche

Männer in professionellen Kostümen und mit entsprechendem Bauch.

Doch dieser Mann hier hatte rein gar nichts mit den Weihnachtsmännern zu tun, die ihr Vater sonst engagierte. Das Kostüm wirkte schlicht und billig, so, als stammte es aus einem heruntergekommenen Kostümverleih.

Der weiße Bart, den der Mann in seinem Gesicht trug, saß schief und sah alles andere als echt aus. Er hatte einen Jutesack in der Hand.

Megan warf einen kurzen Blick auf den Sack. Die Umrisse eines großen rechteckigen Objekts erkannte sie durch das grobe Material.

Ein Geschenk?

Es wirkte für sie zu starr und zu groß, um in die Kategorie der klassischen Weihnachtsgaben zu passen. Ihre Neugier flammte auf, doch die Unsicherheit über diesen sonderbaren Santa überwog. Der Mann spürte ihr Zögern. Es lag daran, wie intensiv sie ihn musterte. Sein Blick war durchdringend, aber ruhig.

Hat Dad die Agentur gewechselt? Ihm ist doch immer wichtig, dass die Weihnachtsmänner perfekt aussehen.

Sein Gesicht – zumindest das, was sie trotz Bart, Mütze und Perücke erahnte – war viel zu jung für einen typischen Santa. Seine dunklen Augen wirkten intensiv.

Die Freundlichkeit, die sie von einem Weihnachtsmann erwartete, vermisste sie ebenfalls in seinen Gesichtszügen. Megan wusste nicht, was sie sagen sollte. Ihre Gedanken überschlugen sich.

Vielleicht hat Dad vergessen, der Agentur abzusagen. Er wird eben nicht jünger. Oder hat er ihn absichtlich nicht abbestellt, um mir eine Freude zu machen?

Sie öffnete die Tür noch ein Stück weiter, um ihn besser zu sehen, als er plötzlich einen Schritt nach vorne trat. Reflexartig wich Megan zurück, und nun stand der Mann im Eingangsbereich des Landhauses.

Die geöffnete Tür hinter ihm ließ kalte Luft ins Haus strömen, und sie fröstelte. Ein Blick an ihrem Körper hinunter verriet dem Fremden, wie sehr sie fror. Ihre Brustwarzen waren steif von der Kälte. Peinlich berührt versuchte Megan dies zu kaschieren, indem sie die Arme locker vor ihrer Brust verschränkte.

Der Santa starrte Megan, ohne zu blinzeln, an und ließ die Haustür langsam aber bestimmt hinter sich ins Schloss fallen.

»Das muss wirklich ein Missverständnis sein. Mein Dad hat bestimmt vergessen, deine Agentur zu informieren.« Ihre Stimme klang unsicher. Der Mann sagte noch immer nichts. Es irritierte Megan.

Vielleicht ist es sein erster Auftrag als Santa.

Kaum hatte sie ihren Gedanken beendet, kam er einen Schritt näher auf sie zu und starrte sie mit seinen durchdringenden Augen an. Langsam wich sie erneut zurück.

»Ich habe eine ganz besondere Überraschung für dich.«

Die Stimme des Mannes war tief und rau, nichts von dem freundlich-verstellten Großvater-Timbre, das man bei einem Santa erwartet hätte. Sein Ton klang unerwartet feindselig für einen Weihnachtsmann und weckte Unbehagen in Megan.

Noch eine Überraschung?

Ihr Vater hatte von einer Überraschung gesprochen; sie hatte jedoch geglaubt, dabei ginge es um den Pyjama.

Sie wusste nicht, was sie antworten sollte. Von ihren Eltern war sie zu Gastfreundlichkeit erzogen worden.

Vielleicht ist diese unangenehme Situation schnell vorbei, wenn ich einfach mitspiele.

»Komm rein, wenn du möchtest.«

Megans Blick war auf das Kostüm gerichtet. Doch ihre Einladung war unnötig: Er stand bereits in ihrem Haus und hatte selbst entschieden, wann der richtige Zeitpunkt war, einzutreten. Megan empfand sein Verhalten als übergriffig.

Manieren hat nicht jeder.

Sie zwang sich, ruhig zu bleiben, als sie ihm den Rücken zuwandte und Richtung Wohnzimmer ging.

Einfach mitspielen, Megan.

»Santa, möchtest du einen heißen Kakao und Kekse?«

Sie schenkte ihm ein Lächeln, das lässiger wirkte, als sie sich fühlte. Doch selbst ein empathieloser Mensch hätte hören können, dass sie sich größte Mühe gab, ihre Unsicherheit und Nervosität zu überspielen.

Keine Reaktion.

Im Wohnzimmer angekommen drehte Megan sich um. Der Mann hatte sich mitten auf die Couch hinter ihr gesetzt.

Dann fiel ihr wieder ein, was sie trug. Wie viel mehr sie von sich und ihrem Körper zeigte, als sie eigentlich wollte.

Ein seltsames, intensives Gefühl an einen früheren Moment ihres Lebens breitete sich in Megan aus, das sie schnell wieder beiseiteschob.

Sie griff nach den obersten zwei Knöpfen des Pyjama-Oberteils und versuchte die sichtbare Spitze ihres BHs zu verdecken. Vergebens. Es war schlichtweg zu eng. Den Kampf gegen dieses Textil konnte sie nicht gewinnen. Mit der rechten Hand fixierte sie den Stoff vor ihrer Brust.

»Ich …«

Die Worte kamen stockend.

»Ich weiß nicht, was dir gesagt wurde. Ich vermute, du sollst ein paar Worte an mich richten und Geschenke …«

Sie deutete mit ihrem Blick auf den Jutesack. Doch wieder kam keine Reaktion.

»Aber man hat wohl vergessen, dir Bescheid zu geben. Meine Eltern sind nicht zu Hause. Kann ich dir etwas Warmes zu trinken anbieten, um dich aufzuwärmen, bevor du dich wieder auf den Weg machst? Du kannst natürlich auch jetzt sofort gehen, falls du nichts möchtest.«

Der Mann schwieg.

»Für beide von uns eine Win-Win-Situation«, fuhr Megan fort. »Du hast früher Feierabend, und ich komme um diese Tradition herum, aus der ich sicherlich schon längst herausgewachsen bin. Natürlich werde ich meinem Vater sagen, dass alles perfekt war. Ich möchte nicht, dass du Ärger mit der Agentur bekommst.«

Es fiel ihr schwer, mit dem Fremden zu sprechen. Megan konnte sich nicht entscheiden, ob sie mitspielen und ihn wie Santa behandeln oder ihm klar signalisieren sollte, dass sie froh wäre, wenn er ginge. Sie nahm ihren Geldbeutel aus ihrer schwarzen Handtasche, die sie vor ein paar Stunden auf einem Sessel neben der Couch abgelegt hatte und zog einen Fünfzig-Dollar-Schein heraus.

»Für deine Mühen.«

Sie hielt ihm den Geldschein hin.

Noch immer keine Reaktion.

Ungewöhnlich.

Sie konnte sich nicht vorstellen, dass ein Weihnachtsmanndarsteller so gut verdiente, dass er freiwillig auf einen frühen Feierabend und auf fünfzig Dollar Trinkgeld verzichtete.

Habe ich ihn gekränkt?

Megan steckte erstaunt den Schein samt Geldbeutel wieder zurück in ihre Handtasche.

Der Mann beobachtete sie, seine Augen blitzten wie ein Nachthimmel vor einem Sturm. Sie spürte seinen durchdringenden Blick, als könnte er sie durchschauen, als wüsste er alles über sie.

Das ist nur eine Überraschung, versuchte sie, sich selbst zu beruhigen. Und doch blieb das ungute Gefühl zurück, zu unbedacht reagiert zu haben.

Warum bin ich so leichtsinnig gewesen? Das passt gar nicht zu mir.

Ein leises Zittern lief ihr über den Rücken, aber es hatte nichts mit der Kälte zu tun. Ihre Gedanken drifteten zu einem Moment zurück, in dem sie sich selbst in ihrer eigenen Besessenheit von Kontrolle fast verloren hätte.

***

Ihre Gedanken sprangen in das zweite Jahr am College zurück, zu ihrer Lerngruppe für die Klausuren.

Sie hatte keine Wahl gehabt, in der Gruppe zu sein: Ihre Eltern hatten darauf bestanden, dass sie sich ordentlich vorbereitete.

Die Kommilitonen ihrer Lerngruppe gehörten zu der Elite des Jahrgangs. Megans Eltern pochten darauf, dass sie mit den Besten lernte, obwohl sie nicht einmal sicher war, tatsächlich Anwältin zu werden. Dennoch hatte sie alles perfektioniert. Den Lernplan, die Notizen, die Pausen, selbst die Snacks, die sie für die anderen mitbrachte, wählte Megan strategisch, um die Konzentration zu fördern.

Doch dann gab es diesen einen Moment. Sie hatte sich mit einer Kommilitonin gestritten. Nein, es war mehr als das. Sie hatte sie wegen einer Lappalie regelrecht zusammengestaucht.

Megan erinnerte sich genau an den entgeisterten Blick der anderen, als sie ihr vorwarf, dass sie das ganze

Projekt ruinierte. Alle hatten sie angestarrt, als hätte sie den Verstand verloren. Ihre eigene Reaktion schockierte sie.

»Megan, es ist nur eine verdammte Lerngruppe«, hatte jemand aus der Gruppe gesagt. Aber für sie bedeutete Ordnung und Struktur alles.

***

Sie hatte einem völlig fremden Mann die Tür geöffnet, mitten in der Nacht, ohne auch nur eine Sekunde nachzudenken.

Der Mann schwieg. Sein Blick wanderte durch den Raum und kehrte immer wieder zu ihr zurück. Sie fühlte sich entblößt, ausgestellt. Ein beklemmendes Gefühl breitete sich in ihr aus. Unangenehm, beängstigend … und dennoch seltsam vertraut. Als er ihren Blick suchte, wich sie aus. Sie konnte seinen Augen nicht standhalten.

Megan zuckte zusammen, als das Klingeln ihres iPhones das Schweigen zwischen ihnen durchbrach. Das Geräusch ertönte scharf und unvermittelt, wie ein plötzlicher Schnitt in einem Film. Es fühlte sich an wie eine Regieanweisung, ein Moment, der ihr für einen Augenblick Sicherheit versprach. Kontakt zur Außenwelt. Ihr ungutes Gefühl resultierte aus zu vielen True-Crime-Podcasts, die sie gerne beim Joggen hörte. Langsam bewegte sie sich zum Couchtisch, auf dem ihr Smartphone mit dem Display nach unten auf dem Glas lag. Jedes Mal, wenn es klingelte, flackerte das Licht des Bildschirms auf und warf ein unruhiges Leuchten auf den Boden. Ein monotoner, aufdringlicher Ton erfüllte den Raum.

Sie nahm das iPhone auf und sah auf das Display. Es leuchtete hell auf, und das Bild ihres Vaters mit den drei großen weißen Lettern »DAD« erschien darauf.

»Mein Dad ruft an …«

Ihre Stimme klang fast erleichtert, doch sie bemerkte die Unsicherheit darin, unschlüssig, ob sie die Worte an sich selbst oder an den Fremden gerichtet hatte, der noch immer auf der Couch saß und sie anstarrte.

»Er will bestimmt wissen, ob seine Überraschung gelungen ist.«

Sie hielt das Smartphone fester in der Hand. Sie umklammerte es geradezu, als wäre es ihre einzige Möglichkeit, diese Situation aufzulösen.

Der Weihnachtsmann saß breitbeinig auf der Couch, ganz entspannt. Und genau diese Körperhaltung löste eine nervöse Unruhe in Megan aus. Seine Arme ruhten locker auf der Polsterung der Rückenlehne, doch seine präsente Haltung dominierte den Raum. Sein durchdringender Blick folgte jeder ihrer Bewegungen. Er studierte sie. Noch immer kam kein Wort aus seinem Mund.

Megan sah aus den Augenwinkeln, wie sich seine Haltung veränderte. Sein Blick wurde intensiver.

Hoffentlich löst sich diese Situation jetzt auf.

Megan drückte hastig auf den grünen Button auf dem Display, um das Gespräch anzunehmen. Das Licht des Handys flackerte im gedämpften Schein der Weihnachtsbaumbeleuchtung.

»Dad!«

Das Wort platzte aus ihr heraus, als sie sich das iPhone ans Ohr hielt, ein einziger Moment aus Euphorie und Erleichterung. Dann hörte sie ihn. Die vertraute Stimme ihres Vaters drang durch die Lautsprecher, doch die Verbindung war wie beim Videoanruf zuvor miserabel. Ein unaufhörliches Rauschen überlagerte seine Worte, als kämen sie aus weiter Ferne, verzerrt, abgehackt.

»Hör zu!« Die Verbindung rauschte. Dann eine Pause, nur Atemgeräusche. »Du … nicht sicher im Haus! … Auto … fahr schnell weg …«

Megans Magen zog sich schmerzhaft zusammen. Etwas stimmte nicht. Die Art, wie er sprach: hastig, keuchend, pure Panik. So hatte sie ihn noch nie gehört.

Aber dann begriff sie, was er gesagt hatte. Ihr ganzer Körper erstarrte.

Nicht sicher im Haus?

»Unser Apartment in Manhattan … du … dort sicher!«

»Dad? Wovon redest du?«

Ihre Stimme kratzte, die Kehle trocken wie Staub.

Nicht sicher?

Der Raum um sie herum verschwamm. Ein metallischer Geschmack legte sich auf ihre Zunge und schnürte ihre Kehle zu.

Ihre Gedanken jagten wie gehetzte Tiere durch ein dunkles Labyrinth, die verzweifelt und panisch nach einem Ausweg suchten. Das Rauschen verschluckte fast seine letzten Worte.

»Verschwinde dort! Tut … leid … wir lieben …«

Ihr Herzschlag setzte aus, ihre Lunge verkrampfte sich und ihr Magen zog sich zusammen.

Nicht sicher?

Ihr Verstand stolperte über die Bedeutung. Sie suchte verzweifelt nach einer anderen Möglichkeit, nach einem Missverständnis. Doch es gab kein Missverständnis. Keine andere Interpretation. Nur eine grausame, unumstößliche Wahrheit.

Nicht sicher!

Ihr Blick flog zu dem Mann im Weihnachtsmannkostüm, der nun neben dem Kamin stand. Seine Präsenz hatte sie von Anfang an verunsichert. Sie hatte sich eingeredet, dass es an der Situation lag, an der Einsamkeit. Aber jetzt wusste sie es.

Die Erkenntnis traf sie wie ein Dolch in die Brust: eiskalt, scharf, unmissverständlich. Als das Adrenalin einschoss, stellten sich ihre Nackenhaare auf wie bei einem Tier, das Gefahr wittert. Die Luft war mit einem Mal zu dick, zu schwer, als würde sie in Beton atmen. Ihr eigener Körper fühlte sich fremd an. Wie ein zu enges Gefängnis aus Haut und Knochen. Sie wollte aufspringen, rennen, schreien. Aber sie stand nur da mit dem iPhone am Ohr.

»Was?«

Megan drückte das Handy fester ans Ohr, als könnte sie die Distanz zwischen ihnen so überbrücken. Doch sie bekam keine Antwort mehr. Der Mann bewegte sich schnell und energisch, wie ein Raubtier, das zuschlug. Ehe Megan reagieren konnte, hatte er ihr das Smartphone aus der Hand gerissen. Ihr Herz setzte einen Schlag aus, ihre Augen weiteten sich vor Schreck.

Kapitel Zehn

»Was …?«

Megans Worte gingen im lauten Knall unter. Der falsche Santa schleuderte das iPhone mit voller Wucht gegen die Wand. Die rosafarbene Hülle flog in viele kleine Teile auseinander und fiel zusammen mit den Resten des Displays und einzelner Bestandteile des Innenlebens zu Boden.

Megan starrte auf die Trümmer, die unheilvoll dalagen, und eine eisige Kälte kroch ihre Wirbelsäule hinauf. Die Sicherheit, die das Klingeln ihr kurz zuvor versprochen hatte, verschwand wie auf einen Schlag. Es bestand kein Zweifel mehr: Vor ihr stand kein gebuchter Weihnachtsmann, kein harmloser Darsteller, den ihr Vater geschickt hatte, um sie aufzumuntern. Dieser Mann hatte andere Pläne. Langsam hob sie den Kopf und sah zu ihm auf.

Sein Gesicht war angespannt, er sagte nichts. Er atmete schwer, die Brust unter seinem Weihnachtsmannkostüm bebte. Sie wünschte sich, er würde etwas sagen, denn diese Stille zwischen ihnen war nicht auszuhalten.

Wer ist er? Was will er? Wieso ich?

Aber ein Gedanke dominierte: *Werde ich diese Nacht überleben?*

»Bitte …«

Ihre Stimme wurde brüchig, und ihre Beine fühlten sich schwer an. Ein Zittern überkam ihren ganzen Körper.

Im Raum herrschte eisige Stille, nur durchbrochen von ihrem Atmen und dem des Fremden.

Der Mann stand direkt vor ihr; sein imposantes Wesen füllte den gesamten Raum aus. Sie wagte es nicht, ihn erneut anzusehen, doch ihre Augen wurden unweigerlich von seiner Brust angezogen, die sich mit jedem schweren Atemzug hob und senkte.

Unter seiner mittlerweile offenen Weihnachtsmannjacke zeichnete sich deutlich die Muskelmasse seines trainierten Oberkörpers ab. Sein Unterhemd spannte sich bei jedem Atemzug über seiner Brust, und Megan konnte nicht anders, als die Bewegung zu beobachten. Es wirkte fast hypnotisierend, wie ein unheilvoller Rhythmus.

Ihr Blick wanderte vorsichtig zu seinem Gesicht. Seine Augen – dunkel wie die Nacht – fixierten sie, wie die eines Jägers, der seine Beute in die Enge getrieben hatte, wartend, bis der perfekte Moment zum Zuschlagen kam.

Kapitel Elf

»Ich denke, wir können jetzt ehrlich sein, oder?« Seine Stimme war tief und rau, und die Worte schienen die Luft zwischen ihnen zu schneiden. Es war keine Frage, sondern eine Feststellung.

Megan versuchte, sich zusammenzureißen, doch sie konnte das Zittern ihrer Hände nicht kontrollieren. Ihre Augen wanderten erneut zu seiner Brust, die sich weiter in diesem düsteren Takt hob und senkte. Die Spannung in seinem Körper war beinahe greifbar, als würde jede noch so kleine Bewegung von ihr den Funken liefern, der ihn zur Explosion trieb.

»Was … was willst du?«

Sie bemühte sich, stark zu klingen, wollte ihm durch ihre Worte zeigen, dass sie nicht bereit war, sich zu ergeben, doch die Angst überwältigte sie. Er trat einen Schritt näher, sein Schatten fiel über sie.

Sie spürte die Wärme seines Körpers, das leichte Zittern des Bodens unter seinen schweren Stiefeln, als er sich bewegte.

»Ich will …«, begann er, hielt dann inne, als wollte er die Spannung auskosten. Ein Lächeln zeichnete sich unter seinem falschen Bart ab, doch es erreichte seine Augen nicht. »… nur ein kleines Gespräch führen. Aber dafür brauche ich deine volle Aufmerksamkeit.«

Seine Worte klangen wie ein dunkles Versprechen. Ihr Herz schlug so laut, dass sie glaubte, er müsste es hören. Sie war gefangen in seiner Präsenz und in ihrer eigenen Angst.

Er neigte den Kopf leicht zur Seite, seine Augen verengten sich, als würde er sie durchschauen, bis in die tiefsten Winkel ihrer Seele. Er atmete immer noch schwer und langsam, sein Atem wie ein Countdown, der unaufhaltsam weiterlief.

»Kooperiere einfach!«, sagte er mit scharfer Stimme, die keinen Raum für Widerspruch ließ.

Der Fremde stand vor ihr, kaum eine Armlänge von ihr entfernt.

Sein Blick wanderte zu der Kommode hinter ihr, auf der die lange, leuchtende Lichterkette lag. Ihr warmes, weißes Licht tauchte den Raum in eine trügerisch friedliche Atmosphäre.

»Was ich jetzt tun werde, wird dir nicht gefallen.«

Er hob die Hand, deutete auf die Kette. Die Ruhe in seiner Stimme wirkte gefährlicher als jede Drohung.

Megans Herz pochte wild, jede Bewegung von ihm zog ihren Blick an. Noch nie zuvor hatte es so heftig gegen ihre Brust geschlagen. Sie wollte etwas sagen, doch die Worte blieben in ihrer Kehle stecken. Stattdessen presste sie ihre Lippen aufeinander, ihre Panik war greifbar.

Er bewegte sich langsam, griff die Lichterkette mit einer Hand und zog sie ruckartig vom Sideboard herunter. Ein paar der Weihnachtsfiguren fielen zu Boden. Der dicke Teppich fing den Sturz auf und die teuren Porzellanfiguren überlebten. Das Licht flackerte kurz, blieb dann aber stabil, während die Kette in seiner Hand leuchtete.

Fast geräuschlos ließ er die Lichterkette vor ihren Füßen auf den Boden fallen. Der Kontrast zwischen dem weichen Leuchten und der Spannung im Raum war kaum zu ertragen.

Sein Blick wanderte zu dem schweren Stuhl, der neben dem Sideboard stand. Ohne Mühe hob er ihn hoch und stellte ihn hinter Megan ab. Der Teppich gab dumpf unter dem Gewicht nach.

»Setz dich!«

Sein Tonfall ließ keine Widerrede zu.

Megan wich einen Schritt zurück, ihre Kniekehlen berührten das cremefarbene Polster des Holzstuhls, ihre Augen suchten verzweifelt nach einem Ausweg. Mittlerweile stand er wieder unmittelbar vor ihr. Dieses Mal kaum eine Handbreit zwischen ihnen. Megan traute sich nicht, zu ihm hochzuschauen. Sie war wie gelähmt. Unfähig, etwas zu sagen. Er berührte ihre Schultern sanft, aber mit Bestimmtheit mit seinen riesigen Händen. Seine Berührungen fühlten sich nicht unangenehm an, ließen sich dennoch nicht ignorieren. Sie setzte sich langsam, ihre Bewegungen zögerlich. Sie hatte keine Wahl. In ihrem Kopf tobte ein Sturm aus Gedanken.

Soll ich schreien? Mich wehren? Doch was, wenn es ihn wütender macht?

Seine Größe und die Kälte in seinem Blick ließen keinen Zweifel daran, dass sie keinen Hauch einer Chance hätte, sollte er Gewalt anwenden. Aber das war es nicht allein. Etwas an ihm verwirrte sie zutiefst. Sein Griff war fest, aber nicht brutal. Es war, als wollte er ihr keine Schmerzen zufügen.

Ihr Herz schlug wie wild in ihrer Brust, während ihre Gedanken sich überschlugen. Sie erinnerte sich an die Filme, die sie gesehen hatte, in denen Frauen immer gekämpft hatten, egal wie aussichtslos die Situation schien.

Hilflosigkeit breitete sich in ihr aus wie dunkler Nebel. Die Kehle zog sich zusammen, ein harter Kloß rutschte mühsam hinunter.

Er stand so nah, dass sein Atem ihre Haut warm und gleichmäßig streifte, im Gegensatz zu ihrem eigenen, der flach und unregelmäßig ging.

Ihr Blick glitt über sein Gesicht, blieb an den Schatten unter seinen Augen hängen. Wut flackerte darin, roh und ungefiltert. Doch darunter lag etwas anderes. Etwas Fremdes und nicht Greifbares, als würde es sich ihr mit Absicht entziehen.

Megan schloss die Augen für einen Moment, um ihre Gedanken zu ordnen. Sie wusste, dass sie auf ihre Umgebung achten und eine Gelegenheit zur Flucht nutzen musste, wenn sie sich ihr bot. Aber im Augenblick schien ihr jede Bewegung falsch, jede Entscheidung zu riskant. Sie fühlte sich wie gelähmt, zwischen Angst und der Hoffnung, dass dieser Albtraum bald ein Ende finden würde.

Mach einfach, was er sagt … dann wird alles gut, befahl eine Stimme in ihrem Kopf leise, aber eindringlich.

Es war nicht der Mut, der sie dazu brachte, stillzuhalten, sondern die pure Angst vor dem Unbekannten.

Er hat die Kontrolle. Solange ich nicht weiß, wozu er fähig ist, darf ich nichts unternehmen.

»Das ist nichts Persönliches.«

Mit ruhiger Selbstverständlichkeit hob er die Lichterkette auf und legte sie um Megans Taille und Arme, die hinter der Rückenlehne verschränkt waren. Seine Nähe, sein Schweigen und seine präzisen und zweckgerichteten Bewegungen flößten Megan Angst ein.

Sein Gesicht kam ihr nah, als er die Lichterkette um ihre Taille legte und sorgfältig hinter ihr straff zog. Das Licht schien heller zu werden und schimmerte in ihren weit aufgerissenen Augen.

Endlich hatte sie die Kraft, den Mund zu öffnen. Sie hätte gerne geschrien. Stattdessen kam nur ein leises »Warum machst du das?« aus ihrer Kehle.

Sie spürte die Fessel, die sich um ihre Taille und ihre Arme schlang.

Doch seine Bewegungen blieben ruhig.

»Weil ich sicherstellen muss, dass du hier bleibst. Ich brauche Zeit, und ich kann kein Risiko eingehen.«

Seine Stimme blieb ruhig.

Er ging um sie herum, zog die Kette straffer und sicherte sie mit einem geschickten Knoten. Jeder Schritt, den er machte, war bedacht, sein Blick ruhte hin und wieder auf ihr, als wollte er sich vergewissern, dass sie keine Gegenwehr leistete. Ihre Atmung wurde schneller, doch sie wagte es nicht, sich zu wehren.

Mir wird nichts passieren, solange ich kooperiere.

Megan lief ein Schauer den Rücken hinunter.

Er will bestimmt nur Geld, redete sie sich ein.

Er löste sich von ihr, trat zurück und betrachtete sie still, als würde er sein Werk überprüfen. Megan saß regungslos da, gefesselt mit der Lichterkette.

»Das wird reichen«, murmelte er mehr zu sich selbst als zu ihr. Er beugte sich zu ihr herunter, sodass seine Augen auf fast gleicher Höhe mit ihren waren.

»Bleib einfach ruhig. Dann wird alles gut, Megan!«

In ihrem Inneren wusste sie, dass nichts an dieser Situation gut war. Und doch hoffte sie, dass er womöglich die Wahrheit sagte – zumindest für diesen Moment.

Woher kennt er meinen Namen?

Es irritierte sie, und ein Schauder überkam sie. Doch dieser verschwand so schnell, wie er gekommen war. Megan realisierte: Sie lebten in einer digitalen Welt, man konnte über jeden alles herausfinden. Sich diese Tatsache in Erinnerung zu rufen, half ihr, nicht noch panischer zu werden, sondern die Kontrolle über ihren Verstand zu behalten. Ein Name war schließlich nur ein Name.

Er ging zur Couch und machte es sich erneut bequem. Ein plötzliches Flackern erhellte das Wohnzimmer. Er hatte den Fernseher wieder eingeschaltet.

Megan kniff die Augen zusammen, als das grelle, kalte Licht des Bildschirms aufleuchtete. Ihre Pupillen, die sich an die Dunkelheit gewöhnt hatten, brannten. Blinzelnd versuchte sie, etwas zu erkennen. Megan schluckte. Kaum hatten sich ihre Sinne geschärft, heftete sich ihr Blick ausgerechnet an den Eisbecher auf dem Couchtisch – sinnlos, lächerlich, fehl am Platz.

Wassertropfen überzogen die kühle Oberfläche des geöffneten Bechers, die langsam nach unten perlten. Kondenswasser sammelte sich in kleinen Rinnsalen und floss immer weiter herab in Richtung Glastisch, auf dem es eine Pfütze hinterließ.

Daneben stand die Flasche Weißwein, von einem sanften Schleier überzogen, als hätte die Kälte sich darin festgesetzt. Feuchtigkeit, die sich in der warmen Luft des Raumes gebildet hatte, wellte das große ovale Etikett. Neben der Flasche stand das Weinglas. Das Licht brach sich im Wein, ließ ihn fast schimmern, während sich auf der Glasplatte darunter helle Reflexe spiegelten.

Fokussiere dich, Megan!

Jede Windung der Kette, die sich um ihre schmalen Handgelenke, ihre Taille und die Armlehnen des Stuhls legte, schnürte ihr die Hoffnung, dieser Situation zu entkommen, immer enger ab. Ihre Atmung ging flach und unregelmäßig, ihre Brust hob und senkte sich unter dem sanften Druck der Kette. Ihre Finger zitterten, versuchten unbewusst, nach einem Halt zu suchen, doch alles, was sie fanden, war die glatte Oberfläche der Glühbirnen. Sie waren nicht heiß, aber ihre gleichmäßige Wärme fühlte sich wie eine ständige Erinnerung an ihre Gefangenschaft an.

Tränen stiegen in ihre Augen, und sie biss sich fest auf die Unterlippe, um das Schluchzen zu unterdrücken. Sie wollte ihm diese Genugtuung nicht geben. Doch es war nutzlos.

Die Dämme, die sie mühsam aufrechterhalten hatte, brachen, und die Tränen liefen heiß über ihre Wangen. Sie konnte sie nicht mehr zurückhalten, nicht vor ihm, nicht vor sich selbst. Ihr ganzer Körper zitterte, während das Schluchzen endlich aus ihr herausbrach. Immer lauter und intensiver. Ihre Schultern bebten, ihr Kopf sank nach vorn. Megans Tränen tropften auf die Lichterkette.

Sie war gefangen in einer Situation, die sie weder verstand, noch kontrollieren konnte. Sie kannte dieses Gefühl, dachte, sie hätte es hinter sich gelassen, es weggeschoben, es schlichtweg verdrängt.

»Warum?«

Kaum mehr als ein Hauch entwich ihrer Kehle. Nur ein einzelnes, gebrochenes Wort, das im weiten Raum verhallte. Sie wusste nicht, ob sie ihn ansprach, sich selbst oder das Universum, das sie in diesen Albtraum gestürzt hatte. Doch Worte waren bedeutungslos, als ihr Schluchzen wieder die Oberhand gewann.

Der Raum, der sie umgab, wirkte gleichzeitig riesig und bedrückend eng. Der Weihnachtsbaum, dessen Lichter sich in ihrer Tränenflut vervielfachten, stand wie ein stummer Zeuge da.

Der Mann, der sie gefesselt hatte, saß vor ihr auf der Couch und starrte auf den Fernseher über dem Kamin, während er schnell durch die Kanäle wechselte ohne lange auf diesen zu verweilen. Er sah Megan kurz an. Sein Blick veränderte sich, schnell sah er wieder auf den Bildschirm.

Jede Bewegung ihrer Muskeln, jedes Aneinanderreiben der kleinen Birnen der Lichterkette, die sie gefesselt hielt, erinnerte sie daran, dass es kein Entkommen gab.

Und so ließ sie alle Gefühle, die sie zurückgehalten hatte, heraus. Ihre Tränen waren ein stummer Protest, ein verzweifeltes Flehen, und doch wusste sie tief in ihrem Inneren, dass niemand kommen würde, um sie zu retten. Sie war allein, gefangen in diesem Albtraum, ohne Ausweg.

Der Fernseher flackerte unruhig. Megan saß starr auf dem Stuhl, jede Faser ihres Körpers angespannt. Das

Gesicht des Mannes wirkte konzentriert, als würde er etwas suchen. Das rhythmische Klicken der Fernbedienung und die entsprechenden Geräusche der jeweiligen Sender füllten die bedrückende Stille des Raumes.

Plötzlich nahm er seine Mütze ab und mit einem sanften Ruck rutschte die daran festgenähte weiße, lockige Perücke von seinem Kopf. Als wäre dieser Teil des Kostüms bedeutungslos geworden, ließ er sie achtlos zu Boden fallen und kickte sie mit einer beiläufigen Bewegung seines schweren Stiefels aus dem Weg.

Megan beobachtete jede seiner Handlungen mit wachsamen Augen. Ihre Aufmerksamkeit wurde auf seine dunkelblonden, platt gedrückten Haare gelenkt, die nun sichtbar wurden. Er fuhr sich mit den Fingern durch seine kurzen, zerzausten Haare. Er zog mit einer ruckartigen Bewegung den falschen Bart ab, den er ebenfalls achtlos zu Boden fallen ließ, als wäre er nichts weiter als ein Überbleibsel einer Theateraufführung. Dunkelblonde Augenbrauen rahmten seinen intensiven Blick ein und unterstrichen seine maskuline Erscheinung.

Sein breiter und kantiger Kiefer strahlte Dominanz und Selbstbewusstsein aus. Ein kurzer, dunkelblonder Dreitagebart umrahmte seine festen Lippen, die in einer neutralen, fast gelangweilten Linie verharrten.

Megan hielt den Atem an, als sein Gesicht zum ersten Mal vollständig sichtbar wurde. Sie konnte ihren Blick nicht abwenden, obwohl sie ahnte, dass es Konsequenzen für sie haben könnte, ihn genau zu erkennen.

Sein markantes Gesicht schüchterte Megan ein. Dunkle, fast schwarze Augen, tief und durchdringend, wie Abgründe, die Geschichten erzählten, die sie niemals verstehen konnte. Das Licht des Fernsehers warf Schatten auf sein Gesicht, betonte die scharfen Konturen seiner Wangenknochen und die leichte Falte zwischen seinen Brauen.

Mit einer fließenden Bewegung stand er auf und zog den roten Mantel aus. Diesen ereilte das gleiche Schicksal wie die anderen Teile seines Weihnachtsmannkostüms, und er landete auf dem Boden.

Der Fremde trug nun nur noch ein weißes Unterhemd, das seine besten Tage bereits lange hinter sich hatte. Megan konnte die Konturen seiner durchtrainierten Muskeln unter dem fleckigen Stoff, der seinen muskulösen Oberkörper umspannte, deutlich erkennen.

Seine Oberarme zierten unzählige Tätowierungen, die sich wie schwarz-weiße Abziehbilder auf den massigen Armen verteilten. Die Motive konnte Megan aus dieser Distanz nicht genau deuten. Sie meinte aber an seinem durchtrainierten rechten Oberarm eine Art

Totenkopf zu erkennen, der durch eine auffällige wulstige Narbe geteilt wurde. Es fielen ihr ebenfalls Tätowierungen an seinem Oberkörper auf, die durch das dünne Material des Unterhemdes schimmerten.

Er lehnte sich zurück, als hätte er endlich eine bequeme Position gefunden. Megan konnte ihren Blick nicht von ihm abwenden. Sie war erstaunt über sich selbst, warum sie ihn so musterte.

Panik pulsierte durch ihren Körper, heiß und unkontrollierbar. Das Herz hämmerte gegen die Rippen, als wolle es sich befreien. Schweiß sammelte sich in ihren Handflächen, kalt und klebrig. Jeder Atemzug fiel schwer, als drücke etwas auf ihre Brust.

Und doch – zwischen all der Angst, der Überforderung, dem lähmenden Zittern – schob sich ein anderer Gedanke in den Vordergrund. Einer, für den sie sich schämte.

Dieser Mann wirkte wie eine Naturgewalt. Alles an ihm – die Haltung, der Blick, die kontrollierte Spannung in seinen Bewegungen – verkörperte rohe, ungezähmte Männlichkeit. Etwas Wildes, Unberechenbares. Einschüchternd. Bedrohlich. Und trotzdem zog er sie in seinen Bann. Nicht mit einem Lächeln. Nicht mit Worten. Allein durch seine Präsenz, die den Raum füllte und ihre Gedanken durcheinanderwarf.

Der Fremde erinnerte sie an die Footballspieler vom College, die oft durch fehlende Manieren glänzten und recht roh im Umgang mit Frauen waren. Optisch sprach sie dieser sportliche Typ Mann an, auch wenn sie immer auf Distanz ging.

In Megan stieg ein vertrautes Unbehagen auf, ein Schatten aus ihrer Vergangenheit, wie eine Gewitterwolke, die sich am Horizont zusammenzog. Ein leises, aber drängendes Gefühl, das in ihrem Magen wühlte und sich langsam seinen Weg nach oben bahnte, bis es ihren Geist zu überwältigen drohte.

Nicht jetzt!

Der Gedanke fuhr ihr scharf durch den Kopf. Sie verdrängte diese dunklen Erinnerungen mit der Routine eines Menschen, der gelernt hatte, den Kopf über Wasser zu halten, selbst dann, wenn die Wellen über ihm zusammenschlugen. Es war nicht der richtige Zeitpunkt, sich von diesen Gefühlen überwältigen zu lassen. Sie schob den Gedanken beiseite, wie jemand, der eine schwere Tür zuschlägt, um das Unwetter draußen zu halten. Der Schmerz, die Angst, die Scham: All das sperrte sie ein, tief in die hintersten Winkel ihres Bewusstseins.

Ihre Methode hatte sich in der Vergangenheit stets bewährt. Wann immer der Schatten auftauchte, erinnerte sie sich daran, dass sie die Kontrolle hatte. Sie konnte entscheiden, wohin ihre Gedanken gingen. Und in diesem Moment zählte das nackte Überleben, nicht das Vergangene. Ihr Kopf musste klar bleiben, ihre Angst kontrolliert werden.

Die Gewitterwolke zog sich langsam zurück, verblasste im Hintergrund als undeutlicher Schleier, der weit hinter ihrem Verstand lag, jedoch mit dem Wissen, dass sie nicht verschwunden war. Sie ruhte jenseits ihrer Gedanken wie eine dunkle Front hinter klarem Himmel: trügerisch still, doch bereit wie ein Blitz zurückzuschlagen.

Sie holte tief Luft und zwang sich, den Fokus wieder auf das Hier und Jetzt zu lenken.

Der Fremde sah sie an, Megan senkte schnell den Blick, versuchte, die Hitze in ihren Wangen zu ignorieren. Doch das Bild seines Gesichts und seines Körpers war bereits in ihr Gedächtnis eingebrannt, und sie würde es so schnell nicht wieder vergessen.

Kapitel Zwölf

Plötzlich hörte das Klicken der Fernbedienung auf; er verweilte auf einem Sender. Auf dem Bildschirm lief die Nachrichtensendung eines lokalen Fernsehkanals. Die Nachrichtensprecherin sprach mit ernster Miene. Megan erkannte sie sofort. Sie hatte sie vor Jahren auf einem Empfang kennengelernt, zu dem sie ihre Eltern begleitet hatte.

»Die Polizei warnt die Bevölkerung erneut vor einem hochgefährlichen Mann, der gestern Abend bei einem Gefängnistransport entkommen ist. Es gibt von ihm immer noch keine Spur.«

Die Stimme der Nachrichtensprecherin klang sachlich, doch das Gewicht der Worte blieb.

»Adam Gilles, neunundzwanzig Jahre alt, ist wegen zweifachen Mordes verurteilt worden. Er gilt als äußerst gefährlich, und die Behörden raten dringend davon ab, ihn zu konfrontieren oder gar selbst zu stellen. Zurzeit ist unklar, ob der Flüchtige bewaffnet ist …«

Die Bilder, die eingeblendet wurden, schockierten Megan. Es handelte sich um die zwei Opfer, für deren Ermordung er verurteilt worden war; die Namen wurden nicht genannt. Zuerst sah man mehrere Männer, die einen schwarzen Leichensack auf einer Bahre abtransportierten.

Dann eine weitere Szene: Beamte standen um einen Mann, der regungslos auf dem Boden lag. Der Reporter filmte aus der Ferne; die Aufnahmen wirkten bearbeitet, stellenweise weichgezeichnet, um dem Zuschauer die Brutalität der Bilder zu ersparen, und dennoch zeigten sie deutlich genug die Dramatik des Geschehens. Megan schluckte schwer. Die Nachrichtensprecherin fuhr fort: »Adam Gilles ist groß, breit gebaut, hat kurze dunkelblonde Haare, braune Augen und mehrere auffällige Tätowierungen an den Armen. Am rechten Oberarm trägt er ein durch eine auffällige Narbe durchtrenntes Totenkopf-Tattoo. Hier sehen Sie sein Polizeifoto.«

Das Foto erschien auf dem Bildschirm. Megan konnte nicht anders, als auf das Bild zu starren. Er wirkte jünger darauf, mit glatteren Gesichtszügen und weicherem Blick. Nur zwei Jahre lagen zwischen diesem Bild und dem Mann, der jetzt in ihrem Wohnzimmer auf der Couch saß, und doch blickte eine andere Version von ihm in die Kamera. Das Gefängnis hatte ihn verändert: mehr Muskeln, mehr Härte im Gesicht, weniger Licht in den Augen. Und doch ließ sich nicht leugnen: Dort auf der Couch, das war eindeutig er. Ihr Atem stockte, und sie fühlte, wie ihr der Schweiß ausbrach.

Nun wusste Megan, wer sie gefangen hielt. Der Mann – Adam Gilles – lehnte sich zurück, seine Augen verengten sich. Er hatte bemerkt, dass Megan realisierte, wer vor ihr saß. Sie versuchte, ihre Gedanken zu ordnen. Die Beschreibung, die Bilder, das Polizeifoto: Alles fügte sich zusammen.

Der Mann, der sie festhielt, war ein gesuchter, zweifacher Mörder.

Die Luft wich aus Megans Brustkorb, als die Wahrheit wie eine Lawine über sie hereinbrach.

Ist das eine Panikattacke?

Ihr Blick flackerte, der Boden schwankte.

Bloß nicht ohnmächtig werden!

Ihre Gedanken rasten, Bilder der Nachrichtensendung mischten sich mit seiner präsenten Gestalt, die auf der Couch saß und weiter auf den Fernseher starrte. Ihr Atem wurde schneller, flacher, bis sie das Gefühl hatte, keine Luft mehr zu bekommen.

Sie hyperventilierte.

»Hey!«

Die Schärfe in Adams Stimme ließ sie zusammenzucken, als sein Blick sie traf. Megans Augen füllten sich mit Tränen, und ihre Brust versuchte verzweifelt, sich in einem ruhigeren Rhythmus zu heben und zu senken. Verschwommen sah sie ihn. Sein harter Gesichtsausdruck wich einer Spur von Mitgefühl.

Er stand auf und ging langsam auf sie zu. Megan versuchte, sich tiefer in den Stuhl zu drücken, doch ihre Fesseln hielten sie an Ort und Stelle.

»Beruhig dich!«

Seine Stimme klang alles andere als beruhigend, sondern eher rau und ungeschickt.

»Ich bin nicht wegen dir hier.«

Er hob leicht die Hände, als wollte er zeigen, dass er keine Gefahr darstellte.

Megan keuchte weiter, fixierte ihn mit ihrem Blick, wie ein gehetztes Tier ohne Fluchtmöglichkeit.

»Hör zu!«

Die Härte wich langsam aus seiner Stimme.

»Es geht um deinen Vater. Ich hatte gehofft, ihn heute hier anzutreffen. Ich … ich habe etwas mit ihm zu klären.«

Diese Worte ließen Megan innehalten. Ihr Atem stockte. Die Angst um ihr Leben wich nun der Angst um ihren Vater. Und plötzlich tauchte er auf. Ein Gedanke. Eine Erinnerung an einen Morgen.

***

Die Tür zum Büro ihres Vaters, sonst immer einen Spalt offen, war an diesem Tag fest verschlossen. Dunkles, schweres Holz, hinter dem er sich verbarg. Doch trotz der geschlossenen Tür hatte sie ihn gehört. Laut. Ungewöhnlich laut.

Normalerweise hätte sie kein Wort verstehen können. Sie erinnerte sich daran, wie sie als Kind oft versucht hatte, ihre Eltern zu belauschen, wenn sie sich hinter verschlossener Tür im Büro unterhielten. Ohne Erfolg. Doch an jenem Tag – vor ein paar Wochen, kurz vor Thanksgiving – war alles anders gewesen.

Megan hatte all ihren Mut zusammengenommen. Sie wollte mit ihm sprechen, wollte ihm endlich beichten, dass sein Traum, dass sie Anwältin wurde, niemals Wirklichkeit werden würde. Sie hatte schon fast die Türklinke berührt, als sie ihn hörte.

Eine aufgebrachte Stimme. Ihr Vater schrie.

Diese Erinnerung traf sie mit voller Wucht. Sie schüttelte den Kopf.

Bedeutungslos, redete sie sich ein.

Es war ein Sonntagmorgen gewesen. Er war allein im Büro.

Sie hatte ihre Mutter gesehen, wie sie unten im Foyer stand und der Haushälterin detaillierte Anweisungen gab, wie das Geländer der Treppe zu polieren war. Patricia hatte so engagiert demonstriert, wie das Tuch zu führen war, dass sie Megan gar nicht bemerkt hatte. Ihre Mutter konnte nicht bei ihm gewesen sein.

Sie hörte sonst niemanden.

Ein Telefonat. Aber mit wem?

Ihr Vater, der sonst nie laut wurde, schrie. Megan wollte sich gerade von der Tür entfernen, als diese sich abrupt öffnete.

Ihr Vater stand mit rot angelaufenem Gesicht im Türrahmen. Die Stirn glänzte, seine wenigen Haare standen wirr ab. Er atmete schwer. Seine Hände zitterten. Dann roch sie es. Whiskey. Ein stechender Alkoholgeruch schlug ihr entgegen. Sie starrte ihn an. Es war gerade mal zehn Uhr morgens gewesen.

Ihr Vater trank nie am Morgen. Niemals.

Er erwiderte ihren Blick, dann richtete er mit ein paar schnellen Handgriffen seine Kleidung und nickte ihr wortlos zu. Ohne eine Erklärung eilte er die Marmortreppe hinab, riss die Haustür auf und schlug sie hinter sich zu. Draußen heulte ein Motor auf. Er fuhr weg.

***

Megan hatte nie den Mut gehabt, ihn darauf anzusprechen. Ihre Angst vor seiner Reaktion war zu groß. Und doch hatte sie sich damals gefragt, welcher Anruf ihn so aufgebracht hatte.

Was war damals los?

Die Erinnerung war plötzlich wieder da. Gefesselt in der Dunkelheit schüttelte sie den Kopf, als könnte sie diese vertreiben.

Unwichtig.

Ihr Vater war ein Geschäftsmann, ein großer Fisch, wie ihre Mutter ihn stets genannt hatte.

Geschäftliche Telefonate können auch mal hitzig ausfallen.

Und doch ließ dieses Gefühl sie nicht los, dass es irgendeine Verbindung zu ihrer jetzigen Situation gab.

Aber wie soll das alles mit diesem Albtraum zusammenhängen? Fokus, Megan!

Sie musste sich befreien. Das war das Einzige, was jetzt zählte.

»Was … was willst du von ihm?«

Ihre Stimme war kaum noch hörbar.

Adams Gesicht verdunkelte sich, sein Blick wanderte kurz zur Seite, bevor er sie wieder ansah.

»Etwas, das vor langer Zeit passiert ist …«

Er hielt inne, seine Augen verengten sich, und seine Kiefermuskeln spannten sich an.

Megans Magen zog sich zusammen. Sie hatte keine Ahnung, was sie sagen sollte.

Was will er von Dad? Was will er von ihm? Was hat er getan? Megan kannte ihren Vater und wusste, dass er keiner Fliege etwas zuleide tun konnte.

Er war ein knallharter Geschäftsmann; sie hatte so manchen Business-Call mitbekommen, aber sie war sich sicher: Nie im Leben hätte er sich etwas zu Schulden kommen lassen, das diese Situation rechtfertigte. Sie traute sich jedoch nicht, nachzufragen.

Sie hatte Angst, ein falsches Wort könnte Adam provozieren.

Sein Gesicht blieb verschlossen, doch er hob erneut die Hände, diesmal etwas ruhiger.

»Noch einmal: Ich habe nicht vor, dir wehzutun«, sagte er leise. »Aber ich brauche Antworten. Und ich werde sie bekommen!«

Er trat ein paar Schritte zurück und sah sich um, als suchte er etwas. Adams Gesichtsausdruck verriet nichts von seiner Absicht, bis er sie mit einem beiläufigen Tonfall ansprach: »Ich muss pissen! Wo kann man hier hingehen?«

Megan blinzelte. Adams unerwartete Frage führte dazu, dass sie in seinem Wunsch, das Badezimmer aufzusuchen, ihre Chance sah, diesen Abend zu überleben. Sie hatte bemerkt, dass die Lichterkette, die sie gefesselt hielt, sich etwas gelockert hatte. Wenn sie schnell und geschickt genug wäre, könnte sie sich vielleicht befreien, während Adam im Bad war.

»Das Badezimmer …«

Ihr Ton war kontrolliert. Sie durfte sich nichts anmerken lassen, während ihr Herz wie wild schlug. Sie versuchte, sich etwas Zeit zu verschaffen und einen Plan zurechtzulegen.

Das Landhaus war groß und mit insgesamt vier Badezimmern ausgestattet. Doch das Bad, das Megan im Auge hatte, lag am weitesten entfernt. Es befand sich am anderen Ende des Hauses, nahe dem Garten. Um dorthin zu gelangen, musste man das Wohnzimmer durchqueren, dann das weitläufige Esszimmer und schließlich die Küche.

Dieses Badezimmer lag abseits der zentralen Wohnbereiche und war perfekt für Megans Plan, da Adam etwas Zeit brauchen würde, um dorthin zu gelangen und wieder zurückzukehren.

Sobald er verschwunden war, blieb ihr ein kleines Zeitfenster. Solange er sich dort aufhielt, würde er kaum mitbekommen, wenn sie im Wohnzimmer einen Fluchtversuch unternahm.

»Du musst am Kamin vorbei, dann durch das Esszimmer und die Küche. Es ist ganz am Ende, kurz vor der Tür, die zum Garten führt.«

Adam hob eine Augenbraue, als würde er ihre Worte auf versteckte Absichten prüfen. Doch dann zuckte er mit den Schultern. Er stimmte nickend zu.

»Wehe, du versuchst irgendwas Dummes!«

Sein Blick fixierte sie, bevor er sich in Bewegung setzte. Als er um den Kamin herum verschwand, zählte Megan die Sekunden. Sie wartete, bis die Geräusche seiner Schritte gedämpfter wurden, sobald er das Esszimmer betrat. Dann zog sie hastig an der Lichterkette. Ihr Plan war riskant, doch sie hatte keine andere Wahl. Es gab nur diese eine Gelegenheit und sie musste sie nutzen.

Jetzt!

Kapitel Dreizehn

Ihre Finger arbeiteten fieberhaft, glitten über das Kabel der Lichterkette, bis sie endlich eine lockere Stelle fand. Hoffnung keimte in Megan auf. Ihr Atem ging schneller, aber sie zwang sich, ruhig zu bleiben. Sie hatte bestenfalls nur ein paar Minuten Zeit, bevor Adam zurückkommen würde. Entweder schaffte sie es oder sie würde seinen Zorn auf sich ziehen, wenn er ihren Fluchtversuch bemerkte.

Hastig bewegte sich Megan auf dem Stuhl hin und her. Sie vermutete, dass Adam mittlerweile im weit entfernten Badezimmer sein musste, und jede Sekunde zählte.

Sie drückte ihre Oberarme fest gegen die Seiten des Stuhls und versuchte, sie mit aller Kraft weit von ihrem Körper wegzudrücken, um sich ein wenig Spielraum zu verschaffen. Der Druck und das Reiben an der

Lichterkette forderten ihre gesamte Konzentration, doch langsam, fast unmerklich, lockerte die Kette sich.

Endlich: Die leuchtende Fessel gab nach, rutschte ein Stück weiter, und Megan konnte sich befreien. Ihre Hände zitterten, als sie die Lichterkette vorsichtig von sich löste und diese so leise wie möglich auf den Stuhl legte, der sie noch vor wenigen Sekunden gefangen gehalten hatte.

Jede Bewegung wählte sie mit Bedacht, um keine zusätzlichen Geräusche zu verursachen, die Adams Aufmerksamkeit auf sie lenken könnten.

Megan schlich vorsichtig in Richtung Haustür. Ihre Schritte waren leicht, und das mussten sie sein, denn spätestens als ihre Füße den Teppich verließen, hätte der Holzboden ihren Plan verraten. Während sie an dem Fernseher vorbeikam, sah sie immer wieder hastig Richtung Esszimmer.

Sie passierte leise die Couch, auf der Adam vorhin gesessen hatte, dann die Sessel und betrat den Eingangsbereich.

Das Foyer mit seiner breiten Marmortreppe lag vor ihr. Ihr Ziel war klar: die Haustür. Megan näherte sich langsam, fast ehrfürchtig, und legte die Hand vorsichtig auf die Türklinke. Hoffnung und Euphorie durchfluteten sie, als sie die kühle Oberfläche der Klinke spürte. In ihrem Kopf stellte sie sich vor, wie sie die Tür öffnete, hinauslief und die kalte Nachtluft einatmete.

Aber was dann?

Draußen tobte ein heftiger Schneesturm, die Kälte war gnadenlos und alle unmittelbaren Nachbarn waren verreist. Dennoch war es die einzige Chance, zu fliehen.

Als sie die Klinke langsam nach unten drückte, erstarrte sie. Nichts passierte. Die Tür blieb verschlossen. Sie zog mehrfach daran. Ihre Euphorie zerschlug sich in tausend Stücke, und ein kalter Schauer lief ihr den Rücken hinunter. Ihr Herzschlag beschleunigte sich, während die Verzweiflung sie übermannte.

Der Schlüssel! Wo ist der verdammte Schlüssel?

Vor wenigen Stunden hatte er noch von innen im Schloss gesteckt. Sie erinnerte sich genau daran, wie sie ihn gesehen hatte, als Adam das Haus betreten und dieser Albtraum begonnen hatte.

Er musste den Schlüssel sofort umgedreht und abgezogen haben, bevor sie es bemerkt hatte, vermutlich als sie vor ihm in Richtung Wohnzimmer vorausgegangen war. Ihre Augen suchten hastig den Eingangsbereich ab. Adam konnte jeden Moment zurückkommen.

Ihr Blick flog hektisch umher, suchte nach einem Ausweg. Sie wirbelte herum und sah das runde Fenster weit über der Haustür.

Vielleicht …? Nein! Zu hoch! Zu wenig Zeit!

Und keines der Möbelstücke im Foyer ließ sich leise genug bewegen, um es unter das Fenster zu schieben und unbemerkt zu entkommen.

Ihr Puls hämmerte in ihren Ohren, während ihr Blick Richtung Wohnzimmer schnellte.

Das große Südfenster.

Ein kurzer Sprint, und sie könnte es aufreißen.

Vielleicht. Aber was, wenn er längst wieder dort ist? Zu riskant!

Sie biss sich auf die Lippe, kämpfte gegen die Verzweiflung an. Ihr Herz raste. Sie musste einen anderen Weg finden – und zwar schnell.

Die Dunkelheit des Raumes wurde nur von einem schwachen Lichtstreifen aus dem Wohnzimmer durchbrochen, der die Silhouetten der Möbel und der Marmortreppe schemenhaft erkennen ließ. Mit jedem Schritt schlug ihr Herz schneller.

Ihr Blick fiel auf das schwere Sideboard neben der Treppe. Darauf stand das alte goldene Kabeltelefon, seit Jahren ein fester Bestandteil des Hauses.

Megan hatte als Kind oft damit gespielt. Der Hörer war damals viel zu groß und viel zu schwer für ihre kleinen Hände gewesen. Dennoch hatte sie immer wieder versucht, mit dem alten Stück zu telefonieren. Es war eines der wenigen Dinge im Haus, die stets an ihrem Platz blieben, egal wie oft ihre Mutter die Einrichtung wechselte, modernisierte oder neu dekorierte. Dieses Relikt verweilte auf dem Sideboard.

Mit zittrigen Fingern griff sie nach dem Telefon und hob den Hörer ab. Sie hielt ihn für einen Moment in der Hand, als würde er ihr Trost spenden, bevor sie ihn langsam ans Ohr legte. Die kalte Oberfläche des Metalls fühlte sich unnatürlich an, als sie ihre warme Haut berührte.

Totenstille. Kein Summen. Kein Freizeichen. Nichts. Megan schloss die Augen, und ein leises Zittern überkam sie.

Verdammt, er hat das Kabel durchgeschnitten!

Megan versuchte, die aufsteigende Hilflosigkeit und die Verzweiflung zu unterdrücken. Sie legte den Hörer vorsichtig auf die Gabel und trat einen Schritt zurück.

Kein Geräusch machen!

Ihre Gedanken rasten.

Die Alarmanlage!

Ihr Blick wanderte zur Ecke neben der Haustür, wo das Bedienfeld der Anlage kaum sichtbar im Schatten lag.

Der Alarm ließ sich nicht leise auslösen. Kein sanftes Piepen, kein unauffälliges Signal, sondern ein greller, reißender Ton, der durch Wände schnitt wie ein Messer. Adam würde ihn sofort hören. Der Lärm würde das ganze Haus durchfluten, Türen erzittern lassen und jeden Fluchtversuch in ein Wettrennen gegen die Zeit verwandeln. Aber das machte ihn zur einzigen Chance. Wenn sie schnell genug reagierte und ihre Schritte genau saßen, konnte sie ihn aktivieren und verschwinden, bevor Adam wusste, was sie vorhatte.

Danach blieb nur eines: sich verbarrikadieren.

Das Büro ihres Vaters lag in der erste Etage mit dicker Tür und robustem Schloss.

Und im Safe: eine Waffe. Geladen.

Der Tresor stand in einer Ecke des Büros, hinter einem Bücherregal versteckt. Megan kannte den Code, der aus einer absurden Kombination aus dem Geburtsdatum ihrer Mutter und ihrem eigenen bestand.

Ihr Magen zog sich zusammen.

Was, wenn ich an die Waffe gelange? Kann ich sie überhaupt nutzen?

Ihr einziges Wissen über Schusswaffen stammte aus Actionfilmen. Sie hatte noch nie eine echte Waffe in der Hand gehalten.

Könnte ich auf ihn schießen und diesen Alptraum beenden?

Allein der Gedanke ließ ihre Finger zittern. Trotzdem musste sie es versuchen, wenn es nur diese Möglichkeit gab. Ihr Herz raste, und ihr Körper fühlte sich schwer an, doch sie musste handeln. Die Zeit rannte ihr davon. So leise und vorsichtig wie sie konnte, machte Megan sich auf den Weg zur Konsole der Alarmanlage.

Megan setzte alle Hoffnung in den vermeintlich letzten Ausweg aus ihrer Not.

Ihre Finger zitterten, als sie die Knöpfe abtastete und auf das Display blickte. Zu ihrem Entsetzen stellte sie fest, dass die Alarmanlage ausgeschaltet war. Das kleine rote Lämpchen, das einen aktiven Zustand anzeigte, war dunkel.

Sie erinnerte sich daran, wie ihre Eltern vor einigen Wochen über das Gerät diskutiert hatten. Damals hatte ihre Mutter sich lautstark darüber beschwert, dass ihr Vater sich nicht um die Reparatur der Anlage gekümmert hatte. Immer wieder kam es zu Fehlalarmen, die mitten in der Nacht die Familie aus dem Schlaf rissen und zu Tode erschreckten. Megans Mutter war wütend gewesen. Doch ihr Vater hatte sie permanent beschwichtigt, indem er ihr versprach, sich so schnell wie möglich um einen Techniker kümmern zu wollen. Als kurzfristige Lösung wollte er die Alarmanlage manuell ausschalten.

»Es ist eine sichere Gegend, es wird nicht ausgerechnet heute etwas passieren.«

Die Worte ihres Vaters sollten die Frauen der Familie beruhigen.

Megan erinnerte sich, wie genervt ihre Mutter darauf reagiert hatte, doch sie schwieg, akzeptierte seine Worte und hoffte auf das zeitnahe Einlösen seines Versprechens.

Verdammt … Dad!

Megan fühlte, wie ihre Hoffnung erneut zerbrach. Kein Alarm. Keine Flucht. Die Erkenntnis traf sie schwer, doch sie durfte nicht aufgeben. Verzweifelt suchte sie nach einer neuen Möglichkeit, sich zu retten.

Kapitel Vierzehn

Doch Megan hatte keine Zeit mehr, sich über weitere Fluchtversuche Gedanken zu machen. Aus der Ferne hörte sie Adams schwere Schritte, die durch das stille Landhaus hallten. Die dumpfen, festen Tritte kamen immer näher, und ihr Herz schlug wie wild. Sie konnte sich kaum bewegen, so sehr lähmte sie die Panik.

»Fuck!«

Adams lauter, zorniger Fluch durchbrach die Dunkelheit und schnitt wie ein Messer durch die Stille. Sein wütender Tonfall verriet, dass er Megans Flucht entdeckt hatte. Sie schnappte nach Luft. Sie durfte keine Zeit mehr verlieren. Nur noch Sekunden, bevor er sie finden würde.

Ein dumpfes Geräusch erklang, als etwas im Wohnzimmer umgestoßen wurde. Vor Zorn trat er den Stuhl um, der ihm den Weg versperrte.

Ihre Gedanken rasten durcheinander, überschlugen sich, fanden keinen Halt. Die Gartentür kam nicht infrage. Der Weg führte mitten durchs Wohnzimmer, direkt an Adam vorbei. Schritte hallten näher, schwer, zielgerichtet. Jeder Laut ließ Megan panischer werden. Die Erschütterung kroch durch den Boden, als ob das ganze Haus seinen Zorn mittrüge. Megan spürte die Vibrationen von Adams Schritten mit jeder Faser ihres Körpers.

Denk nach, Megan, denk nach!

Erneut hörte sie ein lautes, zorniges Fluchen. Sein wütender Tonfall verriet, dass er sie trotz des Halbdunkels entdeckt hatte. Megan schnappte nach Luft. Sie hatte keine Zeit mehr.

Ihr Blick flog durch den riesigen Raum, hastig und verzweifelt nach einer Lösung suchend, einer Rettung. Doch der Eingangsbereich bot kaum Deckung. Alles war offen und weit.

Plötzlich stand Adam im Foyer, wenige Meter von ihr entfernt. Hinter ihm das Wohnzimmer, dessen Licht ihn wie eine bedrohliche riesige Silhouette erscheinen ließ. Megan sah nur seine dunkle Gestalt und hörte ihn vor Wut schnauben.

»Komm sofort ins Wohnzimmer!«

Seine Stimme schnitt scharf durch die Stille, unmissverständlich und keine Diskussion zulassend. Sie musste sich entscheiden: jetzt oder nie. Megan nahm all ihren Mut zusammen.

Jetzt!

Sie spürte den Adrenalinschub in ihrem Körper und reagierte instinktiv. Egal, wie aussichtslos es zu sein schien, sie durfte nicht stehen bleiben. Abzuwarten würde ihr Ende bedeuten. Geblendet von der Beleuchtung im Eingangsbereich, die Adam plötzlich eingeschaltet hatte, rannte Megan, ohne über mögliche Konsequenzen ihres Fluchtversuchs nachzudenken, in Richtung der Treppe los, um sich in die obere Etage zu flüchten. Ihre Schritte hallten durch den Raum, als sie die ersten Stufen erreichte. Megan erklomm diese zielstrebig, nur um entsetzt festzustellen, wie Adams starke Hand den Knöchel ihres rechten Fußes packte. Mit festem Griff riss er sie abrupt aus dem Gleichgewicht. Megan schrie auf, als sie den Halt verlor.

Im Sturz riss sie einen der goldenen Rahmen der Bildergalerie, die den Treppenaufgang zierte, mit sich, der mit einem hellen Klirren zerbrach. Das Glas splitterte in unzählige Scherben, die sich über die Stufen verteilten, und Megan lag keuchend mittendrin.

Der Aufprall nahm ihr für einen Moment den Atem, und ein stechendes Ziehen durchfuhr sie. Megan spürte ein dumpfes Pochen, das sich von ihrem Rücken bis in die Glieder zog. Der harte Sturz auf den kalten Marmorstufen hatte ihren Körper erschüttert, und ihre Knie und Ellenbogen brannten von dem abrupten Aufprall. Jeder Atemzug löste ein stechendes Ziehen in ihren Rippen aus. Ihr Schädel dröhnte. Ein pulsierender Druck breitete sich vom Hinterkopf aus; sie hatte sich beim Sturz den Kopf an einer der Stufen gestoßen. Der Schmerz war intensiv, als würde ein Hammer gegen ihren Schädel schlagen.

Reflexartig drehte sie sich um, wollte wissen, wo Adam war.

Er stand direkt über ihr. Megans Tränen ließen diesen unheimlichen Mann im blendenden Licht des Eingangsbereichs wie eine bedrohliche, verschwommene Gestalt erscheinen.

Schützend hob sie ihre zitternde Hand vor sich, während sie weiterhin auf den kalten Stufen lag. Bitterliche Tränen liefen ihr über die Wangen, heiß und unaufhaltsam. Sie schluchzte, unkontrolliert atmend, und ihr Brustkorb hob und senkte sich hektisch.

Ein eisiger Schauer lief ihr den Rücken hinunter, als ihr klar wurde: *Egal, was er mir anfangs versprochen hat, egal, wie sehr er versuchte, mich zu beruhigen – ich bin ein Risiko für ihn. Ich bin so dumm. Es ist vorbei. Ich habe ihn erkannt. Ich kann ihn identifizieren. Und ich werde jetzt sterben.*

In diesem Moment war sie sicher, dass es für sie keine Hoffnung mehr gab. Sie hatte nicht kooperiert, sich nicht an seine Anweisungen gehalten. Sie hatte versucht, zu fliehen. Ihre letzte Chance, diese Nacht zu überleben, war vertan.

Megan kannte Adams Ziel. Ihren Vater. Ein verzweifeltes Schluchzen entkam ihrer Kehle, während sie in seinem Schatten lag und darauf wartete, was als Nächstes passieren würde.

Jetzt, auf den kalten Treppenstufen, glaubte sie, dass dies ihre letzten Momente auf der Erde sein würden. Die Erkenntnis traf sie wie ein Schlag, und ihre Gedanken wanderten zu ihren Eltern. Innerlich verabschiedete sie sich von ihnen.

Vor ihren Augen sah sie Bilder von Weihnachtsfesten, gemeinsamen Urlaubsreisen. Sie hörte das Lachen ihres Vaters und das beruhigende Flüstern ihrer Mutter, immer wenn sie ihr bei den Hausaufgaben geholfen hatte.

Mom, Dad, ich liebe euch!

Sie schloss ihre Augen und hielt den Atem an. In diesem Moment akzeptierte sie, dass ihr Leben zu Ende war. Sie hoffte auf einen schnellen, schmerzlosen Tod. Lautlose Tränen rannen unkontrolliert über ihre Wangen.

Doch dann riss Adam sie wieder zurück in die Realität. Seine großen Hände packten nach ihr. Anders als Megan erwartet hatte, fasste er sie nicht grob an. Stattdessen war sein Griff unerwartet sanft, als wollte er sie nicht weiter verletzen.

Was passiert hier?

Sie wagte es, die Augen einen Spalt zu öffnen, und blickte in Adams Gesicht. Er sah nach vorne.

Der Zorn, der ihn zuvor durchdrungen hatte, stand nicht mehr so deutlich in seinen Gesichtszügen. Etwas anderes, das Megan nicht deuten konnte, lag in seinen Augen.

Adam legte ihren linken Arm um seinen Hals und hob sie mit beiden Händen sanft von der Treppe. Sie spürte die Wärme seines Körpers durch den dünnen Stoff ihres Pyjamas, die überraschend beruhigend auf sie wirkte, obwohl sie vor Angst erstarrte. Seine Bewegungen waren kontrolliert.

Megan wollte etwas sagen, ein Wort, einen Protest, doch ihre Kehle fühlte sich wie zugeschnürt an. Ihre Gedanken bestanden aus einem Wirrwarr, einer Mischung aus Panik, Verwirrung und einer Spur von Hoffnung, die sie nicht begreifen konnte.

Adam sprach nichts. Er sagte kein einziges Wort, während er sie in den Armen hielt und sie die Treppe hoch zur ersten Etage trug. Schweigen legte sich zwischen sie, schwer und beladen mit unausgesprochenen Fragen. Doch keine davon fand ihren Weg über Megans Lippen. Stattdessen ließ sie sich hineinfallen in einen Moment, der ihr nichts versprach außer Unsicherheit. Und doch blieb ihr keine andere Option, als sich dem Unbekannten zu fügen.

Während Adam sie die letzten Stufen der langen Treppe hinauf in die erste Etage trug, bemerkte Megan, wie sie aus Reflex auch ihren rechten Arm um seinen Hals legte, nicht begreifend, warum sie es tat. Und für einen flüchtigen Moment empfand sie das surreale Gefühl von Sicherheit und Schutz. Megans Welt begann langsam, um sie herum zu verschwimmen. Der pochende Schmerz in ihrem Kopf und die überwältigende Erschöpfung ließen sie immer schwerer gegen die Dunkelheit ankämpfen. Angeschmiegt an seine Brust spürte sie die Wärme seines Körpers und das gleichmäßige Heben und Senken von Adams Brustkorb, bevor sie vor Schmerz und Erschöpfung das Bewusstsein verlor.

Kapitel Fünfzehn

Ein dumpfes Pochen im Kopf drängte sich als Erstes in Megans Gedanken, während sie langsam aus der Bewusstlosigkeit aufwachte. Ihre Lider lagen schwer auf den Augen, und einige Atemzüge vergingen, bevor die Umgebung langsam Konturen annahm. Sie lag auf einem weichen Untergrund. Nichts bewegte sich. Kein Geräusch durchbrach die Stille.

Ein vertrauter Duft drang in ihre Nase.

Zuckerwatte.

Der unverkennbare, süße Geruch der Lieblingskerzen ihrer Teenagerzeit.

Bevor ihre Sicht klarer wurde, realisierte sie, dass sie sich in ihrem Zimmer befand. Nach und nach klärte sich ihr Blick, und sie erkannte vertraute Formen und Farben. Über ihr funkelte der Kronleuchter in ihrem Kinderzimmer, den sie durch den Baldachin ihres

Himmelbettes hindurchschimmern sah. Die unzähligen roséfarbenen Kristalle brachen das Licht in schillernden Facetten. Das sanfte Schaukeln der hängenden Tropfen beruhigte ihre Gedanken, während ihr Bewusstsein langsam zurückkehrte. Für einen Moment klammerte sie sich an die Hoffnung, dass alles nur ein Traum gewesen war. Dass im Wohnzimmer ihre Eltern auf sie warteten, um gemeinsam diesen vorweihnachtlichen Abend mit ihr zu verbringen.

Doch mit der Klarheit kam die Erinnerung an das, was geschehen war. Ein eiskalter Schauer kroch ihr den Rücken hinab.

Megan versuchte, sich langsam aufzurichten. Ein Stöhnen entfuhr ihr. Stechender Schmerz begleitete sie bei all ihren Bewegungen, der sich von ihrem Rücken in all ihre Gliedmaßen ausbreitete. Sie musste sich für einen Moment zusammenreißen, um die Welle der Erschöpfung und des Unbehagens zu überwinden. Doch sie zwang sich, nicht aufzugeben. Der Gedanke, liegen zu bleiben, ausgeliefert zu sein, war unerträglich.

Als sie ihren Kopf hob, fiel ihr Blick auf eine Gestalt, nur wenige Meter von ihr entfernt. Adam, der auf ihrem alten Bürostuhl saß, dessen weißer Lack von den Jahren vergilbt war. Der Anblick traf sie wie ein Schlag, und sie zuckte erschrocken zusammen. Ein plötzlicher Ruck durchfuhr ihren geschundenen Körper mit einem scharfen Schmerz, der sie keuchen ließ.

Adam bemerkte, dass sie bei Bewusstsein war, sagte jedoch nichts. Er hatte seinen Oberkörper leicht nach vorne gebeugt, seine massigen Arme ruhten auf seinen breiten Oberschenkeln. Seine Stirn legte er in Falten, und seinen Blick richtete er auf den Boden.

Megan konnte den Ausdruck in seinem Gesicht schwer deuten. Er sah auf, direkt in ihre Augen, als hätte er gemerkt, dass sie ihn beobachtete.

Es herrschte Stille zwischen ihnen, unterbrochen nur von Megans Atem und dem gelegentlichen Knarren des alten Bürostuhls, wenn Adam sich leicht bewegte.

Der Anblick war so surreal, dass sie für einen Moment ihre Angst vergaß.

Das Zimmer war ein Traum in Rosa, ein Relikt aus ihrer Junior-Highschool-Zeit, das sich seit damals nicht verändert hatte. Die Wände waren in einem zarten Rosa gestrichen, mit abgesetzten weißen Holzleisten, die den Raum edel wirken ließen.

Im Zentrum stand ein riesiges Himmelbett mit einem weißen, verschnörkelten Metallrahmen mit vier hohen Pfosten. Der Stoff der Vorhänge, die sich um das Bett spannten, war aus leichter, transparenter Spitze. In einer Ecke des Zimmers stand ein weißer Schreibtisch mit einem Computer darauf. Den Bildschirm umrahmten einige ihrer Kindheits- und Jugenderinnerungen.

Darüber hing eine große Uhr.

21:00 Uhr.

Der riesige weiße Kleiderschrank an der gegenüberliegenden Wand war eine weitere dominante Komponente des Zimmers. Seine Spiegeltüren reflektierten das Licht und ließen den Raum noch größer wirken, als er ohnehin schon war.

Entlang der Wände standen Regale, gefüllt mit Trophäen und Medaillen aus ihrer Zeit als Cheerleaderin. Die glänzenden Oberflächen spiegelten das Licht des Raums wider und erinnerten an vergangene Erfolge.

Durch eine weiße Tür am anderen Ende des Raums erreichte man Megans Badezimmer. Links neben dem Bett befand sich ein großzügiger Erker, eingepasst mit einer gepolsterten Bank. Hier hatte Megan in den frühen Momenten ihrer Kindheit stundenlang gesessen, aus dem Fenster geschaut und gemalt.

Der Blick hinaus führte in den gepflegten Garten samt Pool und Poolhaus. Ein Ausblick, den sie seit vielen Jahren mied. Ihr Zimmer war einmal ein sicherer Ort gewesen, voller Trost und Unschuld. Doch nichts davon hatte Bestand – nicht, wenn ein Mann wie Adam mitten in diesem Idyll saß.

Kapitel Sechzehn

Adam lehnte sich im Stuhl zurück und verschränkte die Arme vor seiner Brust. Seine Augen fixierten Megan mit einer intensiven, durchdringenden Ruhe.

»Was weißt du über den Mann auf dem Foto?«

Er sprach kontrolliert, doch die Anspannung dahinter war unverkennbar.

»Welches Foto?«

Ihre Stimme war rau und brüchig, als hätte sie ewig nicht gesprochen. Sie erinnerte sich kaum daran, was nach ihrem Sturz auf der Treppe geschah.

Adam griff in die Tasche der roten Weihnachtsmannhose, zog ein Stück Papier heraus und entfaltete es langsam vor ihr. Er streckte den Arm aus und hielt ihr das Foto entgegen.

Megan betrachtete es für einen Moment, bevor sie ihren Kopf abrupt abwandte. Sie kannte diese

Aufnahme. Sie rief Erinnerungen in ihr hervor, die sie seit Jahren zu verdrängen versucht hatte. Es war das Bild, das an der Galerie der Marmortreppe hing, und jedes Mal, wenn sie daran vorbeiging, hatte sie vermieden, es anzusehen. Dieses Verhalten ging ihr so in Fleisch und Blut über, dass es ihr kaum noch auffiel, dass das Bild überhaupt existierte. Adam hatte es aus dem Rahmen genommen und jetzt war sie gezwungen, sich damit auseinanderzusetzen.

»Schau hin!«

Seine Stimme war fest und eindringlich. Erschrocken sah Megan das Foto an.

Das Bild, das Adam aus der Tasche gezogen hatte, war gezeichnet durch deutliche Falten, die es in vier Rechtecke teilten. Die Linien verliefen quer durch die Körper der abgebildeten Menschen. Das Papier war in all den Jahren, in denen es in der Galerie hing, durch die Sonne leicht verblasst.

Auf dem Foto waren im Vordergrund drei Personen zu sehen. Megans Vater auf der linken Seite mit einem Lächeln auf seinem Gesicht. In seiner rechten Hand ein Glas, gefüllt mit Champagner. Auf der anderen Seite stand ein Mann, der ebenfalls etwas zu trinken in der Hand hielt. Sein Gesichtsausdruck war freundlich, aber gezwungen. In der Mitte stand Megan, eine deutlich jüngere Version ihrer selbst. Auch wenn sie zu diesem Zeitpunkt schon nicht mehr so sorgenfrei war, wie es Mädchen in ihrem Alter eigentlich sein sollten. Hinter ihrem Lächeln auf dem Foto verbargen sich Gedanken und Gefühle, die sie niemandem anvertraut hatte. Ihre Unbeschwertheit war schon damals nur eine Maske, ein Versuch, die Welt um sich herum glauben zu lassen, dass alles normal sei. Diese Megan auf dem Foto wusste nicht, welche schlimmen Erfahrungen ihr noch bevorstanden. Tief in ihrem Inneren hatte sie damals schon gespürt, dass etwas nicht in Ordnung war. Obwohl sie es noch nicht genau verstand. Die Angst, dass ihr niemand glauben würde, hatte sie damals schon davon abgehalten, darüber zu sprechen. Und das war bis heute so.

Sie trug eine Zahnspange, die metallisch glänzte, und hielt ebenfalls ein Glas in der Hand. Ihr Lächeln wirkte aufgesetzt, nicht echt, voller Unwohlsein, als hätte sie fast schon körperliche Qualen in den Sekunden, als auf den Auslöser gedrückt wurde.

Das Bild war damals bei einer Gartenparty aufgenommen worden. Im Hintergrund standen, abseits von Megan, ihrem Vater und dem anderen Mann, weitere Personen in lockeren Gruppen beieinander. Die dunklen Schweißränder unter ihren Armen verrieten, wie drückend heiß die Temperaturen an diesem Sommertag gewesen waren. Die Hitze spürte man fast durch das Bild.

Die Szenerie war von hellen, grünen Bäumen und blühenden Blumen umrahmt, die das gepflegte Anwesen in eine perfekte Kulisse verwandelten. Der Sonnenschein tauchte alles in ein warmes, goldenes Licht.

Megans Augen fixierten nur eine Person. Ralph Miles. Der beste Freund ihres Vaters aus Studientagen. Seit Jahrzehnten dessen Geschäftspartner.

Und ein Monster.

»Ich … ich weiß nicht viel über ihn. Er ist ein Geschäftspartner meines Dads.«

Adams Augen verengten sich. Langsam beugte er sich nach vorne, und die Anspannung in seinem Körper war greifbar.

»Nicht viel? Ich denke, du weißt mehr, als du zugeben willst. Ein Bild mit deinem Dad, dir und irgendeinem dir unbekannten Mann würde wohl nicht bei euch an der Wand hängen«, fuhr er Megan scharf an.

Ihr Herz schlug schneller, sie fühlte sich ertappt. Sie wollte nicht über Ralph Miles sprechen, schon gar nicht mit Adam.

Denn damit würde sie Wunden öffnen, die tief in der Vergangenheit lagen. Erinnerungen, die sie bislang niemandem anvertraut hatte. Weder ihren Eltern noch Freunden. Der bloße Gedanke daran schnürte ihr die Kehle zu. Stattdessen suchte sie nach einem Weg, das Thema zu umgehen.

»Mein Dad arbeitet schon lange mit ihm zusammen. Sie kennen sich praktisch aus dem Sandkasten. Er ist oft hier gewesen, aber … ich hatte nie viel mit ihm zu tun.«

Adam stand langsam auf und ging zu ihrem Schrank, betrachtete sich kurz im Spiegel und fixierte dann ihr Spiegelbild. Seine Stimme war ruhig, sanft.

»Lass mich dir etwas erzählen, Megan.«

Er lehnte sich mit einem Arm gegen das Möbelstück, der andere Arm locker an seiner Seite, die Hand in der roten Hosentasche. Adam starrte in sein eigenes Gesicht.

»Ralph Miles war nicht immer ein erfolgreicher Geschäftsmann. Vor über dreißig Jahren war er ein selbstgefälliger College-Junge, ein Schnösel, der dachte, er könne alles haben, was er will. Er und seine Freunde – reiche Jungs, die nie für ihre Taten geradestehen mussten – hielten sich für unantastbar. Mommy und Daddy kümmerten sich um alles, egal was sie verbockten.«

Megan hielt den Atem an. Die Art, wie er sprach, so voller Hass, ließ sie aufhorchen.

Ein Schauer fuhr ihr über die Haut, und Gänsehaut bedeckte ihre Arme.

»Eines Nachts, während der Semesterferien, war er mit ein paar Kumpels unterwegs. Sie hatten wohl etwas zu viel getrunken und fanden sich in einem kleinen Diner wieder, das gerade schließen wollte. Drinnen war nur eine junge, hübsche Kellnerin, gerade achtzehn Jahre alt geworden. Sie säuberte und richtete die Tische für den kommenden Tag. Sie sagte ihnen, dass sie eigentlich gerade das Geschlossen-Schild aufhängen und dann abschließen wollte. Aber das war diesen Mistkerlen egal.« Er hielt kurz inne, atmete tief durch und sprach weiter: »Sie marschierten einfach rein und setzten sich, als wäre es das Selbstverständlichste der Welt. Als würde ihnen das Diner gehören. Sie war alleine, niemand war vor Ort, um ihr zu helfen. Sie bat die Männer inständig, das Diner zu verlassen, aber die Halbstarken hatten Gefallen daran gefunden, Witze über die junge Frau zu reißen. Einige von ihnen knüllten Teile der Papierservietten, steckten sie in einen Strohhalm und spuckten damit nach ihr. Damit nicht genug, fing einer von ihnen an, sich ihr aufdringlich zu nähern. Er versuchte, ihren Rock der Uniform anzuheben, um nach ihren Beinen zu grapschen. Sie bat die Männer immer wieder freundlich, das Diner zu verlassen. Sie stachelten sich gegenseitig an, und so dauerte es nicht lange, und sie zerrten die Bedienung ins Lager.«

Adams Stimme wurde härter, seine Kiefermuskeln spannten sich an.

»Sie haben sie missbraucht, sie haben sie erniedrigt und immer wieder geschlagen, bis ihr Gesicht durch die Schwellung grotesk verzerrt war. Nicht alle haben sich an ihr vergangen. Einer der jungen Männer schlief wohl direkt bei der Ankunft auf der Bank ein, so besoffen wie er war. Eine achtzehnjährige Frau mit zerrissener Uniform, unfähig, sich zu bewegen, einfach weinend und hilflos auf dem Boden liegen zu lassen. Sie kannte sogar die Vornamen der Täter, da diese sich im betrunkenen Zustand immer wieder gegenseitig anfeuerten, während sie sie unaufhörlich weiter vergewaltigten. Als die Schweine mit ihr fertig waren, klatschten sie sich gegenseitig ab, als hätten sie gerade ein wichtiges Spiel gewonnen.«

Megans Magen zog sich zusammen. Adams eindringliche Worte ließen ihr keine Chance. Obwohl sie weghören wollte, erreichten sie diese unerbittlich.

»Sie hat sich nie von diesem Abend erholt. Zwar sind die äußerlichen Verletzungen verheilt und sie hat später einen Mann kennengelernt und Kinder bekommen. Doch mit ihrem Mann konnte sie nie über ihren

Missbrauch reden. Sie war eine hart arbeitende, liebende Mutter. Der Vater ihrer Kinder hatte sich schnell aus dem Staub gemacht. Sie hat alles gegeben, damit ihre Kinder nicht die Armut spürten, in der er sie nach seinem Verschwinden zurückließ. Sie hat mit ihren Kindern gelacht, mit ihnen gespielt. Aber so viel sie auch lachte, keines ihrer Lachen war je echt gewesen. Kinder merken so etwas vielleicht nicht sofort, aber irgendwann …«

Adams Stimme veränderte sich und brach kurz, die Wut wich Trauer, doch er fing sich wieder.

»Jahrzehnte später saß sie eines Morgens, das war vor knapp zwei Jahren, am Küchentisch und las wie jeden Morgen die Zeitung. Ihr Blick fiel auf ein Bild, das vier Männer zeigte, alle ehemaligen Mitglieder einer Elite-Studentenverbindung. Die Gesichter auf dem Foto ließen sie erstarren. Sie erkannte sie direkt. Es waren dieselben Männer, die sie damals vergewaltigt hatten. Auch wenn die Jahre vergangen waren, die Erinnerungen und die Grausamkeit ihrer Taten hatten sich für immer in ihr Gedächtnis eingebrannt. Sie würde diese Gesichter niemals vergessen. Unter dem Bild standen ihre Namen: Mark Montague, William Brooks, Ralph Miles und …«

Er stoppte kurz und fixierte Megan.

»… John Carter.«

Für Megan brach eine Welt zusammen.

Mein Dad? Meint er meinen Dad? Das kann nicht wahr sein!

Ihr Herz raste, während ihre Gedanken wie ein Sturm durch ihren Kopf wirbelten. Sie konnte Adams Worte nicht akzeptieren.

Für Megan war ihr Vater einer der tollsten Menschen dieser Welt. Er hatte weder ihr noch ihrer Mutter je etwas getan. Im Gegenteil. Nie hatte es einen Moment gegeben, der sie an seiner Integrität oder Liebe zweifeln ließ. Er war herzlich, liebevoll und immer für sie da.

Wie kann er mit sowas in Verbindung stehen? So etwas Grausames und Entsetzliches würde er nie machen. Das kann einfach nicht wahr sein!

Megan wollte protestieren, wollte schreien, dass es nicht wahr sein konnte, doch ihre Stimme versagte. Sie sah Adam an, dessen Blick sich nicht von ihr abwandte. Ihr Vater, ein Mann, den sie immer bewundert hatte.

War alles eine Lüge? Kenne ich überhaupt meinen Dad?

Adam schaute sie direkt an. Sein Blick war voller Schwermut, eine seltene und ungewohnte Sanftheit lag in seinen dunklen Augen.

Megans Herz schlug schwer in ihrer Brust. Die Worte, die Adam ausgesprochen hatte, hallten in ihrem Kopf nach, doch ihr Verstand weigerte sich, sie zu begreifen. Immer wieder versuchte sie, diese

Informationen zu sortieren. Ein eisiger Schauer lief ihr über den Rücken. Ihre Augen brannten von den vielen Tränen dieses Abends, und obwohl sie den Mund öffnete, brachte sie keinen Laut hervor. Ihre Lippen bebten, ihre Gedanken wirbelten durcheinander.

Es war, als würde sich die Welt um sie herum auflösen. Ihre Schultern sanken, und ihre Hände klammerten sich unbewusst an die Bettdecke unter ihr, als würde diese sie davor bewahren, in den Abgrund zu stürzen. Adams Blicke ließen zu keiner Zeit von ihr ab.

In Megan war etwas zerbrochen. Das Bild, das sie immer von ihrem Vater gehabt hatte – perfekt, unantastbar – hatte Risse bekommen.

»Ich kann mir vorstellen, was gerade in dir vorgehen muss, Megan, aber du musst auch noch den Rest anhören. Denn noch am selben Tag, an dem die Frau die Männer im Zeitungsartikel erkannte, nahm sie sich das Leben. Man fand sie am Küchentisch, den Kopf auf die verschränkten Arme gelegt, als würde sie schlafen. Sie sah friedlich aus. Neben ihr standen mehrere leere Pillendosen, Tabletten waren auf dem Tisch verteilt. Ein Weinglas lag umgestoßen auf dem Tisch und der verschüttete Wein verfärbte den zerrissenen Zeitungsartikel. Zuerst wurde diesem Artikel keine Wichtigkeit zugeschrieben, denn sie hatte keinen Abschiedsbrief hinterlassen. Stattdessen nichts als offene Fragen. Aus purer Verzweiflung riefen ihre Kinder die beste Freundin ihrer Mutter an, nachdem sie von den Gerichtsmedizinern mitgenommen worden war. Und so erzählte diese Freundin zum ersten Mal das Geheimnis, das ihr vor über dreißig Jahren anvertraut worden war. Sie berichtete den fassungslosen Kindern die ganze Wahrheit, vom Diner, von den Monstern, die das Leben ihrer Mutter zerstört und sie immer noch in Träumen verfolgt hatten.«

Er drehte sich zu Megan um. Seine Augen funkelten feucht.

»Diese Frau hieß Martha Gilles … und sie war …«

»… deine Mom.«

Ihre Blicke trafen sich und Megan sah nun nicht mehr den fast zwei Meter großen Riesen, sondern sah in Adam einen verletzten kleinen Jungen voller Trauer. Der Schock über sein Geständnis lähmte sie. Alles an ihm ergab Sinn: die Wut, die Dunkelheit, der Schmerz, die ihn umgaben.

Adam schritt zu ihrem Bett, ging in die Hocke, so wie er es im Wohnzimmer getan hatte, doch ohne die Bedrohlichkeit, die er ihr noch vor ein paar Stunden entgegengebracht hatte, als er sie am Stuhl fesselte. Er ließ das Foto zu Boden fallen und legte seine Hand auf ihre, sanft und warm. Ihr Blick wurde klarer, sie sah ihn an, verwundert über diese Geste.

»Megan. Bitte. Du musst mir sagen, was du über Ralph Miles weißt!«

Die Berührung durch seine Hand wirkte, als hätte man Megan mit einem Reset-Knopf neu gestartet. Der Nebel in ihrem Kopf wich langsam, und die Welt um sie herum wurde etwas klarer. Ihre Gedanken ordneten sich, doch die Last, die auf ihrer Brust lag, erdrückte sie zunehmend.

Okay … aber wo soll ich anfangen?

Es fiel ihr schwer, die Worte auszusprechen. All die Jahre hatte sie über ihre Vergangenheit geschwiegen und sie tief in ihrem Inneren begraben. Doch jetzt war der richtige Moment. Adams Offenbarung hatte etwas in ihr ausgelöst, das sie nicht mehr ignorieren konnte. Wenn er sich ihr anvertraut hatte, konnte sie es vielleicht auch.

Hinweis für sensible Leser:innen

Kapitel Siebzehn enthält Inhalte, die bei manchen Menschen starke emotionale Reaktionen auslösen können. Wenn du **Trigger 17, 19 & 20** aus der **Triggerliste (letzte Seite)** vermeiden möchtest, kannst du dieses Kapitel überspringen.

Die Handlung ist so aufgebaut, dass du ab Kapitel Achtzehn problemlos weiterlesen kannst, ohne den Zusammenhang zu verlieren.

Sowohl in der Triggerliste als auch in den weiteren Kapiteln werden lediglich Oberbegriffe genannt – es gibt keine expliziten oder detaillierten Beschreibungen.

Dein Wohlbefinden geht vor!

Kapitel Siebzehn

»Ralph Miles ist der beste Freund meines Dads. Er ging hier im Haus ein und aus. In meiner Kindheit und frühen Jugend habe ich ihn mehrmals wöchentlich gesehen. Wir haben viel zusammen unternommen. Zoobesuche, Abendessen in Restaurants, Kinobesuche, sogar Tennis haben wir manchmal zusammen gespielt.« Sie zögerte einen Moment und sammelte ihren Mut.

»Es gab immer wieder seltsame Situationen, die ich damals nicht einordnen konnte. Wenn wir allein waren, bat er mich, mich auf seinen Schoß zu setzen. Als Kind dachte ich mir nicht viel dabei, dennoch fühlte es sich immer … eigenartig an. Vor allem, weil er mich jedes Mal rasch absetzte, sobald jemand den Raum betrat. Auch hatte sich sein Verhalten in diesen Augenblicken schlagartig geändert.«

Ihre Stimme wurde leiser, als sie sich an eine bestimmte Situation erinnerte.

»An einem Nachmittag im September, da war ich vielleicht zwölf Jahre alt, nahm er mich im Garten Huckepack. Er half mir, einen Apfel vom Baum zu pflücken, an den ich ohne Hilfe nicht heranreichte. Ich fand das lustig, ja, eigentlich ganz harmlos. Mein Dad hatte mich früher auch des Öfteren auf seinen Schultern getragen. Aber als Ralph mich absetzte, klopfte er mir fest auf den Hintern und meinte, der Apfel sei bestimmt genauso knackig wie mein Po.«

Sie stoppte kurz. Der Schmerz dieser Erinnerung lag schwer auf ihr.

Zorn legte sich über Adams Gesicht.

»Niemand war in der Nähe, der es sah oder hörte. Mit zwölf Jahren habe ich nicht verstanden, was da wirklich passierte. War das alles noch normal? Oder etwa nicht? Ich wusste nur, dass ich mich unwohl fühlte, aber irgendwie konnte ich es auch nicht in Worte fassen.«

Sie hob den Kopf und sah Adam an. Ihre Augen liefen voller Tränen. Megan erzählte weiter, ihre Stimme leise und zögerlich, während ihr Blick auf das Foto gerichtet blieb, das nun auf dem Boden vor dem Bett lag. Adam folgte ihrem Blick, sah sie dann wieder an und wartete geduldig.

»An einem heißen Sommertag, auf einer Gartenparty, der Gartenparty, auf der dieses Foto aufgenommen wurde …«, fuhr sie langsam fort und betrachtete das Bild, »… ging ich irgendwann zur Toilette. Im Haus war es angenehm kühl, ein richtiger Kontrast zur Hitze im Garten. Danach stand ich in der Küche. Ich war allein, sah mir ein Video auf meinem Smartphone an. Plötzlich spürte ich, dass jemand hinter mir stand. Ich spürte einen Atem in meinem Nacken und dann, dass sich etwas gegen meinen Po drückte.«

Ihre Augen wurden glasig, und sie atmete tief ein. »Mit einer schnellen Bewegung drehte ich mich um, und da stand er … Ralph. Er war so dicht, dass ich mich automatisch ein paar Schritte von ihm entfernte, um Distanz zwischen uns zu schaffen. Irgendwie begann ich so langsam zu begreifen, dass mit diesem ›Freund der Familie‹ irgendetwas nicht in Ordnung war.«

Adams Gesicht verhärtete sich, doch er sagte nichts. Stand wortlos auf. Seine ganze Muskulatur war angespannt.

Megan senkte den Blick.

»Er lächelte mich an. Heute weiß ich, was dieses Lächeln bedeutete, aber damals war es mir nicht klar. Er sagte, es sei ganz schön kühl hier drinnen. Und dann … dann sah er auf meine Brüste. Er fixierte sie geradezu. Ich wusste nicht, was ich sagen sollte. Mein Herz raste, ich hatte furchtbare Angst.«

Ihre Stimme brach kurz, doch sie sammelte sich schnell wieder.

»Ich sah mich panisch um, in der Hoffnung, dass jemand kommen würde, um mich zu retten. Niemand war da. Keine Ahnung wieso, aber eine innere Stimme sagte mir, dass nun etwas Schlimmes passieren würde.«

Sie zögerte erneut. Ihre Stimme war kaum mehr als ein Flüstern.

»Plötzlich trat er ein paar Schritte vor und griff nach meinen Brüsten. Er zwickte mich. Es tat weh, aber ich war wie gelähmt. Ich konnte nicht schreien, konnte mich nicht wehren, geschweige denn ›Nein‹ sagen. Dann hörten wir Stimmen aus der Ferne. Ralph sah auf und meinte, dass wir uns später sehen würden. Und so plötzlich, wie er hinter mir auftauchte, verschwand er auch wieder. Zu diesem Zeitpunkt war ich vierzehn.«

Adam schäumte vor Wut. Seine Schritte hallten schwer auf dem Boden. Er ging auf und ab. Seine Finger gruben sich in die Handflächen, bis die Venen an seinen Unterarmen hervorquollen. Unkontrollierter Zorn flackerte in seinem starren Blick.

Doch als er Megan ansah, veränderte sich etwas. Seine harten Gesichtszüge entspannten sich, und er atmete tief durch. Seine Fäuste öffneten sich langsam, und seine Hände hingen nun locker an seinen Seiten. Auch wenn es sie schmerzte, der Moment war gekommen. Es war der Zeitpunkt, ihm alles zu erzählen. Jetzt, wo sie angefangen hatte, konnte sie nicht mehr aufhören.

»Der sechzehnte Geburtstag ist ein großes Ding für Mädchen. Zumindest war es das für mich und meine Freundinnen. Es war der Morgen meines Geburtstags. Meine Eltern hatten für nachmittags eine Poolparty organisiert und jede Menge Leute eingeladen. Es war ein wunderschöner Morgen, und ich beschloss, früh schwimmen zu gehen.«

Ihre Stimme zitterte, doch sie zwang sich, weiterzusprechen: »Ich zog einen Badeanzug an und genoss das kühle Wasser, denn es sollte ein schwül-heißer Tag werden. Es war herrlich, so beruhigend. Ein schöner Start in meinen Geburtstag. Ich war sehr aufgeregt.«

Megan schloss die Augen und atmete tief durch.

»Nach dem Schwimmen ging ich ins Poolhaus, um mich umzuziehen. Ich zog meinen Badeanzug aus, warf ihn auf die Stuhllehne und drehte mich mit dem Rücken zur Tür. Plötzlich hörte ich, wie sich die Tür öffnete und direkt wieder schloss. Als ich mich umdrehte, stand er da. Ralph. Er sah mich, komplett entblößt. Schnell versuchte ich, mit meinen Armen meinen Körper zu bedecken. Das brachte ihn zum Schmunzeln. Dieses Schmunzeln war grausam. Als würde er mich verspotten, wie kläglich mein Versuch war, mich vor seinen Blicken zu schützen.«

Sie sah zu Boden.

»Hinter ihm auf einem Stuhl lag mein Handtuch, und über der Stuhllehne hing mein Badeanzug. Ich hatte keine Chance, an meine Sachen zu gelangen, um mich wieder zu bekleiden.«

Ihre Stimme wurde leiser und fast zu einem Flüstern.

»Ich werde nie seinen Blick vergessen. Er kam näher, immer näher. Ich wollte ›Stopp‹ schreien oder ihn bitten, das Poolhaus zu verlassen, aber wieder war ich wie erstarrt, wie die Jahre zuvor. Ich war wie gelähmt vor Angst. Dann fing er an zu reden. Er meinte, er wolle doch nicht verpassen, einer der Ersten zu sein, der ›der kleinen süßen Megan‹ zum großen Tag gratulieren dürfe.«

Tränen liefen ihr über das Gesicht.

»Ich sah, wie er mit seiner Hand den Knopf und den Reißverschluss seiner Hose öffnete. Er sagte, er habe ein ›Geschenk‹ für mich.«

Mit ihren tränengefüllten Augen blickte sie regungslos ins Leere.

»Ich ließ es über mich ergehen. Ich konnte nichts anderes tun als zu hoffen, dass es bald zu Ende sein würde.«

Megan weinte bitterlich.

»Ich war wie in Trance und konnte nur das Wasser meines nassen Badeanzugs beobachten, das gleichmäßig auf das Handtuch und den Boden tropfte. Und dann war es endlich vorbei. Er ließ mich weinend auf dem Boden zurück, nackt, voller Scham und Schmerzen. Während er sich wieder anzog, sagte er, ich solle lieber niemandem davon erzählen, es wäre unser kleines Geheimnis. Ich würde ja schließlich nicht wollen, dass er das ein oder andere Geheimnis über meinen Dad erzählen würde. Und dann verließ er das Poolhaus, als sei nichts geschehen.«

Megan sah Adam immer noch nicht an.

»Ich ging wie benommen in mein Zimmer und duschte stundenlang. Zumindest kam es mir so vor. Bis meine Haut rot und wund war. Danach musste ich mich immer wieder übergeben. Meine Eltern waren äußerst besorgt und sagten die Party ab. Später am Abend kamen meine Eltern zu mir ans Bett. Meine Mom setzte sich auf die Bettkante, während mein Dad am Fußende stand. Sie sagte, dass ich mir meinen Geburtstag so bestimmt nicht vorgestellt hätte. Die Worte blieben mir im

Hals stecken, und stattdessen liefen wortlos Tränen über meine Wangen. Mom meinte, es sei wohl nur eine Sommergrippe und dass es mir morgen bestimmt wieder besser gehen würde. Und vermutlich glaubte sie das auch.«

Megans Lippen formten ein trauriges Lächeln.

»In meinen Gedanken spielte ich die Worte durch, die ich so gerne aussprechen wollte. Aber was hatte Ralph über meinen Dad in der Hand? Noch bevor ich den Mut finden konnte, auch nur einen Laut von mir zu geben, sprach mein Dad. Er sagte, ich würde für immer sein kleines Mädchen bleiben. Es war, als würde ihm mein langsames Erwachsenwerden unangenehm sein, als könnte er nicht akzeptieren, dass ich kein kleines Kind mehr war. Ich konnte es nicht, ich konnte es einfach nicht sagen. Ich habe mich geschämt für all das, was passiert war, und hatte Angst, was meinem Dad passieren würde.«

Megan fixierte einen Fleck auf dem Boden und fuhr fort: »In diesem Moment wusste ich, dass ich die Wahrheit begraben muss. Nie wieder darüber sprechen würde, nie die heile Welt meiner Eltern zerstören könnte. Und so habe ich diesen Tag tief in mir eingeschlossen, in der Hoffnung, dass die Wunden irgendwann verheilen und die Narben verblassen würden.«

Megan wischte sich mit dem Ärmel ihres Pyjamas die Tränen aus dem Gesicht und beendete ihre Offenbarung mit einem gequälten Lächeln.

»Überraschung, sie heilen und verblassen wohl nie.«

Kapitel Achtzehn

Megan war geschockt darüber, das Geheimnis, den sexuellen Missbrauch, laut ausgesprochen zu haben. Dennoch wurde ihr bewusst, wie befreiend es war, nach all den Jahren das Schweigen gebrochen zu haben. Und es gab nun kein Zurück mehr.

Sie sah Adam an.

Er stürmte durch den Raum, seine Schritte wurden immer schneller, seine Bewegungen fahriger, sein Blick steinern.

Die Wut stieg in Adams Stimme auf.

»Dieser Dreckskerl … er zerstört alles, was er berührt. Er hat meine Mom zerstört. Er hat sich an dir vergangen. Und er kommt immer wieder damit durch!«

Er griff nach dem Stuhl, auf dem er gesessen hatte, hob ihn hoch und schleuderte diesen mit voller Wucht gegen die Wand.

Das Geräusch des berstenden Holzes hallte durch das Zimmer, und Megan schrie auf. Ihre Hände schossen instinktiv zu ihrem Gesicht, um sich zu schützen. Doch nur einen Herzschlag später sanken sie wieder. Sie sah ihn an. Adam atmete schwer, sein Blick war dunkel. Der zerborstene Stuhl schien ihm nicht aus seiner Wut zu helfen.

Im Gegenteil. Er drehte sich um und schlug mit der rechten Faust gegen den großen Spiegel, der an einer Wand hing. Das Glas zersprang in Tausende Scherben, die klirrend zu Boden fielen. Megan erschrak.

»Adam, hör auf!«

Ihre Stimme zitterte vor Panik. Es war das erste Mal, dass sie ihn mit Namen ansprach. Sie sah ihn an, wie er zitternd vor dem Spiegel stand, seine Hand blutend. Eine große Scherbe steckte in seinem Fleisch. Er drehte sich langsam zu ihr um, seine Brust hob und senkte sich schwer. Er schaute in ihre Augen und plötzlich sah sie, wie die Dunkelheit, die zuvor seinen Blick dominiert hatte, allmählich verschwand.

Kurz sah es für Megan so aus, als wollte Adam etwas sagen, doch stattdessen sackte er auf die Knie, den Blick auf die Scherbe in seiner Hand gerichtet, und lächelte. »Schon okay … ich hatte schon immer ein Wutproblem.«

Seine Stimme klang bitter.

Megan fasste all ihren Mut zusammen und richtete sich langsam auf. Ihr Herz hämmerte, aber sie zwang sich, ruhig zu bleiben.

»Du blutest.«

Sie versuchte, gelassen zu wirken, selbst wenn sie nicht wusste, ob weitere Ausbrüche dieser Art von Adam folgen könnten. Sie trat an ihn heran, vorsichtig, Schritt für Schritt, wie jemand, der sich einem verletzten Löwen nähert. Einem Löwen, der Hilfe braucht, der aber jederzeit aus Instinkt angreifen könnte.

Adam betrachtete seine blutige Hand.

»Das macht nichts. Ich bin ein großer Junge.«

Zwinkernd setzte er ein Grinsen auf.

Megan hielt kurz inne, ihre Finger zitterten, doch sie fasste erneut Mut.

»Ich hole den Verbandkasten aus dem Badezimmer.«

»Den brauch ich nicht.«

Er zuckte leicht mit den Schultern, als wäre ihm die Aufmerksamkeit für die Verletzung unangenehm. Trotzdem hielt er sie nicht zurück.

Megan blieb stehen und drehte sich zu ihm um.

»Zu einem Arzt zu gehen ist, denke ich, keine Option. Dann bleibt dir wohl nichts anderes übrig, als auf mein Wissen aus dem Erste-Hilfe-Kurs zu vertrauen.«

Sie sah Adam an, suchte seinen Blick. Megan realisierte, dass sie in diesem Moment keine Angst vor ihm hatte.

Daraufhin schaute er sie an, seine Miene entspannte sich leicht und ein kleines Lächeln huschte über seine Lippen.

»Oh, unser Cheerleader-Captain ist ja eine ganz Taffe«, witzelte er und lachte. Sein Lachen war so warm, so unerwartet herzlich, dass es Megan für einen Moment völlig aus der Fassung brachte. Es war ein Klang, der den Raum ausfüllte, als würde die Sonne aufgehen. Sie hatte das Lachen überhaupt nicht kommen sehen, nicht von ihm, und schon gar nicht in diesem Moment.

Es war, als hätte jemand die Schwere aus der Luft genommen, und Megan spürte, wie sich das beklemmende Gefühl in ihrer Brust ein wenig löste. Ihre Anspannung, die sich seit Stunden um sie gelegt hatte, verschwand allmählich.

Für einen kurzen Augenblick vergaß sie alles: die Angst, die Wut, das Geheimnis, das sie endlich ausgesprochen hatte.

Stattdessen drang da nur dieses Lachen zu ihr, das sie in eine unerwartete Ruhe tauchte. Es erinnerte sie an unbeschwerte Tage, an Sommermorgen ihrer frühen Kindheit, an denen die Welt einfach und leicht war.

Unwillkürlich schenkte sie ihm ein Lächeln, das mehr von Verwunderung zeugte, als von Ehrlichkeit.

Doch es war ein Anfang. Zum ersten Mal erkannte sie mehr in ihm als den verurteilten Zweifachmörder aus den Nachrichten, mehr in ihm als den Mann, der sie gefesselt und bedroht hatte. Seine Geschichte, die er ihr erzählt hatte, korrigierte ihr Bild von ihm. Zwar noch nicht genügend, um sich sicher zu fühlen, aber genug, um ihn nicht länger als Gefahr zu sehen. Er blieb unberechenbar. Doch nicht mehr undurchschaubar.

»Woher weißt du, dass ich Cheerleader-Captain war?« Ihre Stimme klang leise, als würde sie versuchen, den Moment festzuhalten, bevor er wieder verflog.

Oh, Megan, woher wohl, tadelte sie sich selbst und betrachtete die Regale voller Trophäen. Adam antwortete nicht sofort. Er sah sie einfach nur an, immer noch mit dem Lächeln auf seinen Lippen.

»Ich würde sagen, es ist offensichtlich.«

Sein Blick wanderte ebenfalls zu ihrer Trophäensammlung.

Megan nickte und lachte laut auf. Ihre Regale waren eine Hommage an ihre glorreichen Tage als Cheerleaderin. Darauf reihten sich zahllose Trophäen aneinander, jede ein Zeugnis ihres Talents, ihrer Disziplin und ihres Ehrgeizes.

Auf dem obersten Regal stand ihre größte Errungenschaft: der Pokal des nationalen Cheerleading-Wettbewerbs. Er maß fast einen halben Meter und war verziert mit filigranen Details, die den Glanz dieses besonderen Augenblicks einfingen. Megan erinnerte sich, wie sie ihn damals mit zitternden Händen entgegennehmen durfte; das Jubeln ihres Teams hallte immer noch in ihren Ohren.

Alle Erinnerungsstücke waren nicht nur eine Sammlung von Siegen und Erfolgen, sondern ein Rückblick in eine Zeit, in der Megan das Gefühl hatte, ihr Trauma für einen Moment zu vergessen.

»Ohne taff zu sein, wird man wohl nicht Cheerleader-Captain.«

Mit einem Grinsen unterstrich sie ihre Worte.

Adam lachte laut auf.

Megan war selbst erstaunt über ihre Schlagfertigkeit. Vor ein paar Stunden hätte sie sich nicht vorstellen können, Adam auf diese Art zu begegnen, doch etwas in ihr hatte sich verändert. Die Worte kamen wie von selbst, und sie spürte, wie sich ihr Selbstvertrauen langsam zurückmeldete.

Megan öffnete die Badezimmertür. Auf der rechten Seite erstreckte sich die große, moderne Dusche mit einer transparenten Glasscheibe. Direkt neben der Tür stand ein Wäschekorb aus dunklem Geflecht. Gegenüber der Tür befand sich mittig an der Wand die Toilette und darüber ein kleines Fenster. Fahles Mondlicht fiel durch dieses herein und tauchte den Marmorfußboden in einen blassen Schimmer. Ihr Blick wanderte nach links, wo der riesige, beleuchtete Vanity-Spiegel ein sanftes, warmes Licht verströmte. Die massive Kommode unterhalb des Waschbeckens war mit unzähligen Schubladen versehen. Megan wusste, dass sich dort das Erste-Hilfe-Set befand.

Hastig zog sie eines der oberen Fächer auf und griff nach der kleinen weißen Box mit dem roten Kreuz. Sie klappte sie auf, vergewisserte sich, dass alles Wichtige darin war, und schloss die Box mit einem leisen Klicken.

Megan atmete tief durch. Sie mochte Adam, das wusste sie jetzt. Trotz allem, was passiert war. Obwohl er sie vor wenigen Stunden an einen Stuhl im Wohnzimmer gefesselt hatte. Diese Erkenntnis überraschte sie, aber sie versuchte nicht, sie zu unterdrücken. Sie musste keine Angst mehr vor ihm haben. Ihre Schultern entspannten sich, und sie atmete tief durch.

Ihr Geständnis hatte sehr viel in ihr gelöst, ein Gefühl der Befreiung überkam sie. Es war, als hätte sie einen schweren Stein von ihrer Brust genommen, einen Ballast, den sie zu lange mit sich herumgetragen hatte.

Ohne weitere Zeit zu verlieren, drehte sie sich um und eilte zurück zu Adam.

Kapitel Neunzehn

Er saß nach vorne gebeugt auf ihrem Bett, seine Ellbogen ruhten auf seinen Knien und sein Blut tropfte langsam auf den Boden. Als er hörte, wie Megan zurückkam, hob er den Kopf und sah sie an.

»Der Teppich ist wohl dahin.«

Er lächelte und zeigte auf das Blut unter sich.

Megan zuckte mit den Schultern und setzte sich neben ihn auf das Bett. Im Vergleich zu ihm wirkte sie winzig. Adam war ein Berg von einem Mann, und obwohl sie viele Verehrer aus dem Football-Team gehabt hatte – große, muskulöse Kerle – erschienen diese im Vergleich zu Adam wie Winzlinge. Sie öffnete den Verbandkasten, ihre Finger bewegten sich zügig, aber gewissenhaft, während sie das benötigte Material zusammensuchte und herausnahm. Vorsichtig nahm sie seine Hand in ihre. Die Scherbe steckte nur oberflächlich in der Haut. Mit einem Ruck zog sie den Glassplitter heraus. Sie legte eine sterile Kompresse um die Wunde, um die Blutung zu kontrollieren. Ihre Bewegungen wählte sie präzise und mit Bedacht. Sie war erstaunt über sich selbst, dass sie ihr Wissen aus dem Erste-Hilfe-Kurs aus ihrem Gedächtnis abrufen konnte. Sie fixierte die Kompresse mit einer Mullbinde, während Adam sie beobachtete. Kein einziges Mal zuckte er vor Schmerz zusammen, seine Gesichtszüge blieben entspannt, fast ungerührt.

»Du bist wirklich ein großer Junge.«

Sie lächelte, während sie die Binde straffzog. Seine Mundwinkel hoben sich leicht, doch er schwieg.

Megan bemerkte, wie sein Blick unweigerlich in ihren Ausschnitt wanderte. Sie konnte ihm kaum einen Vorwurf daraus machen. Sie hielt seine verletzte Hand in Höhe ihrer Brust, während sie den angelegten Verband begutachtete. Und da die obersten zwei Knöpfe ihres Oberteils sich nicht schließen ließen, zeigte sich ein gutes Stück des schwarzen Spitzen-BHs und ein verlockender Blick auf ihre großen Brüste.

Als sie ihm ins Gesicht sah, bemerkte sie, wie sich seine Augen weiteten. Megan hatte ihn ertappt. Eine Spur von Unsicherheit glitt über seine Züge, und zu ihrer Überraschung färbten sich seine Wangen rot. Es war das erste Mal, dass sie ihn so sah; dieser große, muskulöse Mann wirkte unsicher. Das hätte sie vor wenigen Minuten noch für unmöglich gehalten. Megan wurde neugierig. Sie wollte alles über ihn erfahren. Doch was sie am meisten verblüffte, war ihre eigene Reaktion. Zum ersten Mal war es ihr nicht unangenehm, wenn ein Mann sie so offensichtlich begehrte. Ihr Körper reagierte auf ihn unaufhaltsam und verräterisch. Eine wohlige Wärme sammelte sich in ihrem Schoß, weckte ein sehnsüchtiges Verlangen.

Sie hielt seinen Blick für einen Moment stand, bevor sie mit einem kleinen Lächeln wieder auf seine Hand sah.

Als der Verband fertig angelegt war, packte Megan die restlichen Utensilien ordentlich in den Erste-Hilfe-Kasten zurück. Den angefallenen Abfall entsorgte sie gewissenhaft im Mülleimer, der neben dem Schreibtisch stand.

Anschließend setzte sie sich erneut auf das Bett, ein wenig näher an ihn heran. Megan traf die Entscheidung bewusst, doch hoffte sie, dass er es für eine beiläufige Geste hielt.

Adam betrachtete den Verband an seiner Hand und nickte anerkennend. Ein Lächeln huschte über sein Gesicht.

»Nicht schlecht, Captain. Bist du etwa ausgebildete Feldärztin oder passieren beim Cheerleading wirklich so viele Unfälle, dass ihr so was im Training lernt?«

Seine Worte waren von einem spielerischen Ton begleitet, und Megan konnte sich ein Lächeln nicht verkneifen. Sie hatte schon lange nicht mehr eine solch authentische Fröhlichkeit gefühlt wie in diesem Moment.

»Wenn du ein paar Mal gesehen oder sogar miterlebt hättest, wie eine Hebefigur missglückt, dann wärst du auf einiges vorbereitet. Blut und blaue Flecken gehören da fast schon zum Alltag.«

»Klingt, als wäre Cheerleading gefährlicher, als man denkt.«

Adam lachte warm und intensiv und erfüllte den Raum damit.

Megan bestätigte seine Vermutung und nickte übertrieben mit dem Kopf. Ihr kleiner Schlagabtausch lockerte die Stimmung zwischen den beiden merklich auf.

Sie erschrak kurz, als sich Adams Hand ihr langsam näherte.

Ganz vorsichtig griff er nach einer losen Strähne ihres blonden Haares, die ihr ins Gesicht fiel, und schob sie behutsam hinter ihr rechtes Ohr, das durch seine Berührung plötzlich ganz heiß wurde. Die Wärme zwischen ihren Schenkeln wurde zu einer glühenden Hitze, ebenso wie das drängende Verlangen nach weiteren Berührungen.

Megan vermutete, wie unangenehm es ihm wohl war, sie so berührt zu haben, da er wie ein Schuljunge aufsprang.

»Boah, ich glaube, ich müsste mal duschen.«

Mit dramatischem Gesichtsausdruck roch er demonstrativ an seiner Achsel.

Megan reagierte spontan, spielte mit und stimmte ihm kopfnickend zu.

»Ja, eine Dusche würde dir nicht schaden.«

Sie biss sich auf die Unterlippe, als sie den Satz ausgesprochen hatte.

Kapitel Zwanzig

Megans Wangen wurden heiß vor Scham.
Was hab ich denn da wieder gesagt? Peinlich!

Sie versuchte, die Situation zu entschärfen, und ruderte hastig zurück.

»Eine Dusche würde mir wohl auch guttun.«

Ihre Stimme hörte sich unsicher an, und sie merkte, wie die Röte in ihrem Gesicht aufstieg.

Was ist los mit mir?

Ihre Gedanken überschlugen sich.

Oh Gott! Klang das wie eine Einladung? Denkt er jetzt etwa, ich will mit IHM duschen?

Sie schüttelte innerlich den Kopf, doch bevor sie es verhindern konnte, fügte sie hastig hinzu: »Also … ähm … allein! Getrennt … meinte ich! Natürlich … getrennt!« Adams Reaktion überraschte sie. Statt einer Antwort brach er in ein herzliches Lachen aus.

Obwohl es sie zunächst noch mehr in Verlegenheit brachte, konnte sie nicht leugnen, dass er Humor hatte.

Er schüttelte den Kopf und sah sie an, mit einem spitzbübischen Lächeln auf seinen Lippen.

»Entspann dich, Megan! Ich hab dich schon verstanden.«

Für Megan schien es, als würde er ihre Unsicherheit sympathisch finden.

Adam machte eine überzogen elegante Geste, wie ein Butler, der einer Dame den Weg weist. Sein rechter Arm schwang mit großem Elan zur Seite, während er sich leicht verbeugte.

»Ladies first.«

Mit einem breiten Grinsen und funkelnden Augen ließ er den Satz locker fallen.

Megan konnte nicht anders, als ihn einen Moment sprachlos anzustarren. Die Mischung aus seiner imposanten Erscheinung und dieser übertriebenen Galanterie kam für sie wie aus dem Nichts.

»Danke.«

Sie schüttelte belustigt den Kopf, schritt an ihm vorbei und spürte dabei seine präsente Nähe, als wäre die Luft zwischen ihnen dichter geworden.

An der Badezimmertür angekommen, drehte sie sich kurz um.

Adam blieb in ihrem Zimmer mit lockerer Haltung stehen, doch sein Blick folgte Megan aufmerksam.

Gerade als sie die Badezimmertür zu schließen versuchte, wurde ihre Bewegung abrupt gestoppt. Adams Fuß schob sich in die schmale Öffnung der Tür, bevor sie ins Schloss fallen konnte. Ihre Augen weiteten sich leicht, als sie seine unmittelbare Nähe erneut spürte.

Mit einer kontrollierten Bewegung griff seine große Hand nach dem messingfarbenen Schlüssel, der im Türschloss steckte.

»Den brauchst du nicht.«

Seine Stimme tief und doch erstaunlich weich.

»Ein einfaches Türschließen reicht.«

Er zog den Schlüssel heraus und steckte ihn in die Tasche seiner roten Weihnachtsmannhose. Sein Blick blieb kurz auf ihrem liegen: still, abwartend, als wolle er sicherstellen, dass sie den Grund verstand. Dann zog er die Tür zu. Kein Wort. Nur das leise Klicken im Schloss.

Als sie alleine im Badezimmer war, wurde die Luft für Megan spürbar schwerer. Ein unangenehmes Ziehen breitete sich in ihrer Brust aus, als ihr etwas klar wurde, das sie in den letzten Minuten verdrängt hatte. Sie war immer noch seine Geisel.

Der Gedanke war wie ein kalter Schauer, der ihren Rücken hinablief. Der Schlüssel war für Megan keine

Kleinigkeit. Es war ein Symbol, eine klare Botschaft. Er wollte nicht, dass sie sich verbarrikadierte. Das entspannte Lächeln, das sie vor wenigen Augenblicken noch auf seinen Lippen gesehen hatte, wirkte in der Retrospektive wie ein Hauch von Ironie.

Sie atmete tief durch, versuchte, ihre Gedanken zu ordnen. Jeder Knochen in ihrem Körper schmerzte sie nach dem Sturz auf der Treppe, und eine Dusche war genau das, was sie jetzt brauchte.

Das warme Wasser wird mir bestimmt guttun.

Unter ziehenden Schmerzen zog Megan ihren Pyjama aus, ebenso ihren schwarzen Spitzenslip. Diesen und den dazu passenden BH warf sie in den Wäschekorb neben der Tür.

Megan öffnete die obere Schublade der Kommode und griff nach einer großen, schwarzen Haarklammer. Mit geübtem Schwung steckte sie sich das Haar hoch, drehte die blonden Längen elegant ein und fixierte sie im Nacken.

Doch eine einzelne Strähne widersetzte sich, glitt heraus und fiel ihr lose über die Schulter. Sie betrachtete sich im Spiegel und strich das widerspenstige Haar zur Seite.

»Bloß nicht wie ein begossener Pudel aussehen!«, ermahnte sie flüsternd ihr Spiegelbild. Der Gedanke, unvorteilhaft vor ihm zu erscheinen, war ihr unangenehm. Doch kaum hatte sie die Worte ausgesprochen, fragte sie sich: *Was ist los mit mir? Warum ist mir das wichtig? Warum spielt das in dieser Situation für mich überhaupt eine Rolle? Warum ist es mir wichtig, was er über mich denkt? Oder ob er mich attraktiv findet?*

Sie hielt inne, fixierte ihre Augen im Spiegel.

Megan atmete tief durch. Kurz blieb sie vor dem Spiegel stehen und betrachtete ihren nackten Körper.

»Eigentlich bekomme ich nicht so schnell blaue Flecke.«

Sie untersuchte die Rötungen auf ihrer Haut.

»Aber das wird wohl definitiv welche geben.«

Dann stieg sie in die Dusche, ließ den Wasserstrahl über sich strömen und versuchte, die Anspannung von ihrem Körper zu spülen.

Sie öffnete die Flasche mit dem Duschöl. Der süßliche Duft stieg ihr in die Nase, beruhigend und verführerisch zugleich. Sie stellte das Wasser ab, um langsam ihre feuchte Haut einzuölen. Ihre Finger glitten über ihre Schultern, ihren Bauch, ihre Brüste, ihre Hüften. Doch es war nicht nur die sinnliche Berührung, die ein Prickeln in ihr auslöste. Es waren die Bilder in ihrem Kopf.

Kapitel Einundzwanzig

Unvermittelt kehrte Megan in Gedanken in ihr altes Studentenwohnheim zurück. Sie erinnerte sich an den Moment, als sie eines Abends ihre Zimmertür öffnete und sofort von lauter Musik empfangen wurde. Ihr Blick fiel damals auf ihre Mitbewohnerin Carol, oder vielmehr auf das, was im Raum geschah.

Steve, einer der Kerle aus dem Schwimmteam mit der typischen Figur eines Schwimmers, nahm ihre Zimmergenossin von hinten, wild und ungestüm. Beide waren so in Ekstase, dass sie Megan nicht bemerkten. Erbarmungslos klatschte Steves Becken immer wieder gegen Carols Po.

Ihre vollen Brüste wippten synchron zu der Bewegung seiner Stöße. Beide Körper glänzten vor Schweiß. Jedes Mal, wenn er sie fester stieß, schlug er mit seiner Hand auf ihren Po. Das Geräusch hallte durch den

Raum, und mit jedem Schlag rötete sich ihre Haut etwas mehr.

Megan wollte sich eigentlich sofort umdrehen und das Zimmer verlassen. Doch sie blieb wie angewurzelt stehen. Sie versuchte, wegzuschauen, war aber vor Schock unfähig, sich abzuwenden. Das animalische Treiben vor ihr zog sie in den Bann: die rohe Leidenschaft, die ungehemmte Lust. Megan erinnerte sich daran, wie Steve Carol an ihren Haaren zog. Ihre Mitbewohnerin stöhnte so laut, dass vermutlich das ganze Studentenwohnheim sie hörte.

Megans Zimmernachbarin löste sich von Steve und drehte sich um. Ihr nackter, verschwitzter Körper glitt über die zerwühlten Laken und hinterließ feuchte Spuren. Auf allen vieren kroch Carol vor Steve und tastete sich vorsichtig an seinen Oberschenkeln entlang in Richtung seiner Erektion. Ihre langen, braunen Haare fielen wie ein Vorhang über ihr Gesicht und verdeckten Megans Sicht auf das Geschehen. Doch es gab keinen Zweifel daran, was Carol tat; das intensive Schmatzen und Würgen reichten, um den Rest zu erahnen. Steve spannte sich an, er verschränkte seine Arme hinter seinem Kopf und feuerte Carol an.

»Tiefer! Fester! Schneller, Baby!« Seine Muskeln zuckten bei jeder ihrer Bewegungen. Sein Blick war trüb vor Lust, bis er Megan im Türrahmen wahrnahm. Megan war wie erstarrt, die Lippen leicht geöffnet, unfähig, etwas zu sagen, ihre Wangen gerötet.

Anstatt überrascht oder peinlich berührt zu wirken, hob Steve nur eine Augenbraue und schenkte ihr ein amüsiertes Zwinkern. Mit einer lässigen Handbewegung deutete er ihr an, dass sie sich ihnen anschließen könne, als wäre es das Normalste auf der Welt. Megan riss entsetzt die Augen auf. Ihr Herz hämmerte in ihrer Brust. In panischer Eile drehte sie sich um. Zu hastig. Ein dumpfer Schlag hallte durch den Raum, als sie mit voller Wucht gegen den Türrahmen prallte.

»Autsch!«

Mit vor Scham brennendem Gesicht wirbelte sie herum und flüchtete so schnell es ging den Gang entlang in Richtung Bibliothek, ohne sich noch einmal umzusehen, während Carol ihr hinterherschrie, sie solle doch bitte das nächste Mal vorher anklopfen.

Kapitel Zweiundzwanzig

Zurück aus ihrer Erinnerung drehte Megan den Wasserhahn auf. Das warme Wasser perlte an ihrer Haut hinab. Während sie weiter ihren Körper berührte und das Öl fortwusch, erwischte sie sich, wie sie vor ihrem geistigen Auge nicht mehr ihre Mitbewohnerin und Steve sah, sondern sich selbst und Adam.

Es waren Gedanken, die für Megan ungewohnt waren. Sie hatte sich nie als jemanden gesehen, der sich in sexuellen Fantasien verlor. Für die meisten Menschen, egal ob Frauen oder Männer, mochte das normal sein, aber für sie war es das nicht.

Dieses Zurückhalten ihrer Sexualität hatte sie dem Erlebnis im Poolhaus zu verdanken. Seit jenem Tag war Intimität kein Thema mehr in ihrem Leben. Etwas, das sie lieber verdrängte, als sich damit zu konfrontieren. Sex machte ihr Angst.

Viele Männer begehrten Megan, was sich in ständigen Komplimenten und auffälligen Blicken zeigte. Und diese Männer wollten Sex.

Sie verhielt sich oft wie ein scheues Reh, sobald sie angesprochen wurde. Mit der Zeit entwickelte sie Strategien, um solchen Situationen charmant und freundlich zu entkommen. In den letzten Jahren streifte sie sich sogar einen falschen Verlobungsring über, bevor sie das Haus verließ – ein kleiner Trick, den ihre Freundin Mel ihr empfohlen hatte, um unerwünschte Annäherungen abzuwehren. Doch selbst das schreckte nicht alle Verehrer ab.

Aber zum ersten Mal in ihrem Leben gab es nun Raum für diese Gefühle. Sie begehrte Adam. Er ließ ihr Herz schneller schlagen. Er war gefährlich. Aber jetzt, in diesem Moment, wollte sie nicht leugnen, was sie empfand.

Alles geht so schnell. Zu schnell! Wie kann das sein? Warum jetzt? Aber ich brauch mir nichts vorzumachen: Ich will ihn!

Adams Worte hallten immer wieder in ihrem Kopf nach. Seine Geschichte, seine Wut, seine Verzweiflung: All das hatte sie tief berührt. Sie verstand ihn, mehr als sie jemals geglaubt hätte. Adam wollte Gerechtigkeit für seine Mutter, eine Frau, die so viel durchgemacht hatte und am Ende daran zerbrochen war. Doch während sie all das verstand, konnte sie nicht anders, als innerlich dagegen zu rebellieren.

Sie konnte sich nicht mit dem Gedanken anfreunden, dass die Morde, die Adam an zwei Männern begangen hatte, die Antwort auf alles sein sollten. Es war ein Weg, der nicht nur für die Hinterbliebenen der Opfer mehr Schmerz brachte, sondern auch für den, der ihn beging.

Ist Adam ein böser Mensch?

Diese Frage beschäftigte sie. Er war mehr als ein Mörder auf der Flucht. Er war ein Produkt seiner Umstände, seiner Erfahrungen, seines Schmerzes. Ein verletzter Sohn, der seine Mutter verloren hatte. Doch die Brutalität, zu der er fähig war, ließ sich nicht leugnen. Sie erinnerte sich an die Wut in seinen Augen, die rohe Kraft, die er ausstrahlte und zeigte.

Er hat eindeutig eine schlechte Impulskontrolle. Aber wenigstens ist er in der Lage, seine Emotionen zu zeigen.

Ihre hingegen waren stets kontrolliert, zwanghaft. Doch obwohl sein unkontrolliertes, wildes Wesen sie anzog, erinnerte sie sich an die Momente, in denen er sanft zu ihr gewesen war, in denen er sie berührt hatte, als wäre sie etwas Kostbares. Sie erinnerte sich an seine Blicke, wie seine Lippen sich zu einem warmen, echten Lachen verzogen hatten, das sie so überrascht hatte. Ihre Finger glitten über ihren Hals, während sie sich vorstellte, wie es wäre, seine Berührung zu fühlen, seine kräftigen Hände auf ihrer Haut zu spüren.

Ihre Finger erforschten langsam ihren Körper, streichelten ihre Brustwarzen, die unter der Reizung steinhart wurden. Sie hatte sich zuvor noch nie so berührt wie in diesem Moment.

Es war ein Erwachen. Ihr sexuelles Erwachen.

Als ihre Gedanken um Adam kreisten, fand sie sich in einer Fantasie wieder, die sie selbst überraschte. Sie konnte es kaum fassen, wie sich ihr Verlangen entwickelte – wild und unverblümt.

Oh, Adam … was machst du mit mir?!

Ihre Fantasie überkam sie. Sie stellte sich vor, wie Adam auf einmal wie aus dem Nichts mit seinem vor Nässe glänzenden Körper neben ihr stand. Gezielt griff er Megan kraftvoll in den Nacken und dirigierte sie bestimmend auf die Knie.

Ohne Widerstand gab sie sich ihm hin. Er gab den Ton an. Sie fühlte die Spannung, die von seiner Nähe ausging, die Kontrolle, die er über sie hatte. Ihre Fantasie ließ sie die wilderen Seiten der Leidenschaft erleben – Momente, in denen sie sich ohne Hemmungen und ohne Angst nur dem Augenblick hingab. Megan konnte es nicht leugnen: Diese Fantasie rief eine neue, ungeahnte Seite in ihr hervor. Sie erwischte sich bei dem

Gedanken, wie Adam wohl nackt aussehen würde. Die enge Kleidung, die er trug, verriet ihr schon einige Details seines attraktiven Körperbaus, aber das genügte ihr nicht. Sie wollte mehr.

Ihre Erregung formte Bilder von Adam, die ihr den Atem raubten, flüchtige Fantasien, die sich wie flüssige Hitze durch ihren Körper zogen. Ein Ziehen in ihrer Mitte machte sich bemerkbar – fordernd, lebendig. Ihre Hand reagierte fast wie von selbst, glitt langsam tiefer, als folge sie einem unausgesprochenen Ruf. Noch bevor sie ihr Ziel erreichte, ertappte Megan sich dabei, wie ihr Verstand zurück zu der roten, engen Hose abschweifte, die kaum verhüllte, was sie sich inzwischen viel zu genau ausmalte.

Ob ein so großer Mann wie Adam zwischen seinen Beinen auch so … ›groß‹ ist?

Megan stellte sich vor, wie sie kniend langsam nach seiner Erektion griff, selbst herausfand, wie viel sie von seiner Größe aufnehmen konnte. Wie sie ihn Zentimeter um Zentimeter zwischen ihren Lippen verschlang und er ihr Gesicht gegen seine Lenden drückte, begleitet von ihrem Schmatzen. Es pochte in ihrer Mitte. Ihr ganzer Körper spannte sich an.

Plötzlich klopfte es an der Tür.

Oh Gott! Er klopft an die Tür.

Kapitel Dreiundzwanzig

Ruckartig war Megan wieder in der Realität. Sie biss sich auf die Unterlippe, unterdrückte ein Stöhnen. Erschrocken über ihre eigenen Gedanken ließ sie von ihrem Körper ab. Aber das Bild von Adam blieb haften.

»Moment!«

Das Wort platzte aus ihr heraus, begleitet von einem hastigen Atemzug.

Reiß dich zusammen!

Sie drehte hastig am Wasserhahn. Das plötzliche kalte Wasser traf sie wie ein elektrisierender Schock und sorgte dafür, dass Megan wieder auf klarere Gedanken kam.

Sie trat aus der Dusche, wickelte ein Handtuch um ihren Körper und knotete es fest über ihrer Brust. Plötzlich fiel ihr ein: Sie hatte keine Kleidung ins Badezimmer mitgenommen.

Mist! Nur mit einem Handtuch gehe ich nicht hier raus. Oder … vielleicht doch?

Sie zog wieder ihren getragenen Pyjama aus dem Wäschekorb und hielt ihn einen Moment in der Hand, doch der intensive Geruch von Angstschweiß ließ sie zurückschrecken.

Ihr Blick wanderte zur Badezimmertür, wo ein weißer Seidenbademantel hing. Er war zwar extrem kurz, aber besser, als nur mit einem Handtuch umwickelt in ihr Zimmer zurückzukehren. Mit einem Seufzen öffnete Megan die Kommode, um frische Unterwäsche herauszuholen. Ihre Hand griff automatisch in die oberste Schublade, doch statt weicher Stoffe traf sie nur auf glattes, kühles Holz. Für einen Moment starrte sie auf das leere Fach, ihre Augen weiteten sich vor Entsetzen.

»Das kann nicht sein«, flüsterte sie. Sie beugte sich vor, um einen genaueren Blick hineinzuwerfen, und fuhr mit den Händen über das glatte Holz, als könnten ihre Finger etwas finden, was ihre Augen nicht sahen. Die Schublade war vollkommen leer, nicht einmal ein vergessener Faden oder Staubpartikel befand sich darin.

Warum ausgerechnet heute?! Selbst schuld.

Ihre Haushälterin hatte Urlaub und Megan hatte vergessen, die frische Wäsche einzuräumen, rief sie sich ins Gedächtnis. Sie nahm den Bademantel vom Haken der

Tür und legte ihn um. Sie fragte sich, ob Adam womöglich durch das Schlüsselloch schaute, um sie zu beobachten. Sie band den seidenen Gürtel so fest sie konnte um ihre Hüfte, aus Angst, der Bademantel könnte sich ungewollt öffnen.

*Wäre das schlimm?, d*achte Megan, begleitet von Bildern, die ihr Blut erneut in Wallung brachten.

Sie griff nach der Haarklammer und löste sie vorsichtig aus ihrem Haar. Wie ein goldener Vorhang fielen ihre welligen Strähnen herab und sprangen fast augenblicklich wieder in die von ihr frisierte Form zurück. Sie strich sich mit den Fingern über die Längen, um sie zu ordnen, und betrachtete sich erneut einen Moment im Spiegel.

Ihr Blick wanderte zu den dunklen Spuren unter ihren Augen: Überbleibsel ihrer Mascara. Mit den Fingerspitzen versuchte sie, die Reste vorsichtig zu entfernen, doch die Spuren waren hartnäckiger, als sie erwartet hatte.

Ein leises Seufzen entkam ihr. Ein Ausdruck von Müdigkeit und Verwirrung lag in ihren Zügen.

Ein weiteres Klopfen an der Tür ließ sie zusammenzucken.

»Bist du fertig?«

Seine Stimme war ruhig, aber mit einem Hauch von Neugier.

Megan zögerte kurz.

»Ja.«

Die Tür öffnete sich langsam, und Adam trat ein. Seine Augen wanderten zu ihr, doch er wandte sein Gesicht schnell wieder von ihr ab. Adam stellte sich ganz nah vor sie. Megan war gezwungen, ihren Kopf weit in ihren Nacken zu legen, um ihn anzusehen. Ein Kloß steckte in ihrem Hals, der sich kaum schlucken ließ.

»Jetzt bin ich dran.«

Mit einem Lächeln deutete er auf den geschlossenen Toilettendeckel.

»Setz dich!«

Die Worte waren mehr eine klare Anweisung als eine Bitte. Aber eine freundliche, der sie nachging.

Megan verstand, dass er ihr immer noch nicht vertraute und damit rechnete, dass sie erneut versuchen könnte, zu fliehen. Er griff in seine Tasche und zog den messingfarbenen Schlüssel hervor, und so verriegelte Adam die Badezimmertür mit einem leisen Klicken. Er stellte sich vor den Spiegel, warf Megans Spiegelbild einen kurzen Blick zu und traf dann seine Vorbereitungen für die Dusche.

»Ich will ja nicht, dass du abhaust.«

Megan blinzelte und tat, wie ihr geheißen. Sie nahm das letzte ordentlich zusammengerollte Handtuch von einem Regalbrett, rollte es auf, legte es auf den kühlen Sitz und ließ sich auf ihm nieder.

Na toll!

Sie saß hier im Badezimmer, rechts von ihr der riesige Spiegel, der gnadenlos alles reflektierte, links die Dusche mit der gläsernen Tür. Sie musste es schaffen, nur zur Badezimmertür oder zum Wäschekorb zu schauen.

Bloß nicht hinsehen!

Der Gedanke war wie ein Befehl, obwohl sie längst wusste, dass sie kaum gehorchen konnte.

Adam entledigte sich seiner schweren, schwarzen Stiefel. Sein Blick blieb auf Megan gerichtet. Das Unterhemd zog er aus und ließ es zu Boden fallen. Sie sah seinen durchtrainierten Körper und konnte einige seiner Tätowierungen deutlicher erkennen. Die Haut seines Oberkörpers sah weich aus, und Megan empfand es als Qual, dass ihre Hände in diesem Moment nicht herausfinden konnten, was ihre Augen vermuteten. Seine Brustmuskulatur zuckte, während er in den Spiegel sah.

Macht er das absichtlich? Macht er das für mich?

Die ganze Szene erinnerte sie an einen Film mit einem ihrer Lieblingsschauspieler, in dem dieser als Stripper auftrat. Diese Erinnerung ließ sie nervös schlucken.

Adam löste mit einem leisen Klicken die Schnalle seines Gürtels und zog ihn langsam aus den Schlaufen seiner Hose. Das Leder schnalzte, und die goldene Schnalle blitzte im Licht auf. Megan spürte, wie es wieder wohlig warm zwischen ihren Schenkeln wurde. Sie beobachtete ihn, während er den Gürtel achtlos auf den Boden fallen ließ. Die Hose rutschte ihm sofort bis zu den Knöcheln, kaum dass er sie losgelassen hatte. Schnell wandte Megan den Blick ab, ihre Augen fixierten verzweifelt den Wäschekorb.

Bloß nicht hinschauen! Bloß nicht!

Ihre Wangen glühten vor Verlegenheit, und sie konnte nicht sagen, ob es an seiner Nähe oder ihrer eigenen Vorstellungskraft lag.

Dann trat Adam in die Dusche, zog die gläserne Tür hinter sich zu und legte den Badezimmerschlüssel auf einer Ablage ab, auf der verschiedene Shampoos und Duschgele standen. Megan atmete leise auf, ein Moment der Erleichterung, den sie verspürte.

Adam war aus ihrem Blickfeld. Doch plötzlich flog eine schwarze Boxershorts aus der Kabine und landete genau auf dem Kleiderhaufen. Megan blinzelte und versuchte, sich weiter auf den Wäschekorb zu konzentrieren, doch der Gedanke, dass Adam nackt war, ließ sie glühen, und eine extreme Hitze stieg in ihr auf.

Das liegt nur an dem heißen Wasser und dem Dampf hier drinnen.

Ein Mantra, das sie sich immer wieder vorsagte. Sie merkte, wie ihre Hände schwitzten. Sie straffte die Schultern und zwang sich, weiterhin nicht in Richtung Dusche zu schauen. Doch diese hitzige Wallung in ihr ließ nicht nach. Sie biss sich auf die Unterlippe.

Bloß ruhig bleiben!

Das Geräusch des Wassers, das gegen die gläserne Duschwand prasselte, füllte den Raum. Megan schloss die Augen, doch die Vorstellung blieb lebendig. Ihr Atem wurde schneller, während ihre Gedanken unaufhaltsam zu der Szene zurückkehrten, die durch sein Klopfen gestört wurde.

Ihre Fantasie setzte sich fort: Sie kniete vor ihm und ihre großen blauen Augen suchten seinen Blick, voller Erregung. Adam stand vor ihr, sein Griff fest, als er mit einer Hand ihr langes, blondes Haar packte und es mühelos zu einem Pferdeschwanz bündelte. Ihre Lippen teilten sich, doch kein Wort verließ ihren Mund. Stattdessen nahm sie ihn immer tiefer in diesem auf. Schmatzend. Wild. Er bestimmte das Tempo, lenkte sie, führte sie, während ihr eigener Körper vor Erregung bebte.

»Das machst du gut, Baby.«

Die Stimme halte in ihrer Fantasie nach.

Das leise Klicken einer sich öffnenden Flasche Duschöl veränderte Megans Gedanken. Nun malte sie sich aus, wie Adam das Öl auf sich verteilte. Wie er jeden Zentimeter seines muskulösen Körpers damit einrieb.

Ein tiefes Summen riss sie zurück in die Realität: Adam summte ein Lied, das sie nicht kannte. Die sanfte, brummende Melodie schien für Megan so unpassend, dass sie innerlich lachen musste. Hier stand ein fast zwei Meter großer Sträfling, auf der Flucht, unter ihrer Dusche, und er summte. Die absurde Situation brachte sie zum Kichern, doch sie unterdrückte es schnell.

Unauffällig wagte sie es, in seine Richtung zu schauen.

Ein kurzer Blick kann doch nicht schaden.

Ihre Augen fanden seinen Rücken. Breite Schultern, perfekt geformte Muskeln, die sich unter der Haut abzeichneten: die ideale V-Form, wie aus einem Anatomiebuch.

Ihr Blick wanderte unwillkürlich nach unten, an seinem Rücken entlang, bis hin zu Adams Po. Er war fest, muskulös und makellos geformt, wie aus Stein gemeißelt. Die Haut spannte sich glatt darüber, und bei jeder Bewegung war zu erkennen, wie die Muskeln darunter spielten.

Adams Körper erinnerte sie an die Skulpturen eines Kunstbandes über griechische Götter: reine Muskelkraft, in makelloser Symmetrie gefasst. Eine Perfektion, die ihr die Worte raubte, noch bevor sie bemerkte, wie ungeniert ihr Blick an ihm haftete. Für einen Augenblick löschte seine Erscheinung jede Erinnerung daran aus, dass er noch vor wenigen Stunden eine Bedrohung dargestellt hatte.

Ruckartig drehte sich Adam zu ihr um. Megan zuckte zusammen, wandte blitzschnell ihren Blick von ihm ab und fixierte panisch den Wäschekorb. Sie hoffte, dass er nichts bemerkt hatte. Sie hörte, wie er leise lachte, ein tiefes, amüsiertes Geräusch, das durch den Raum hallte.

»Alles in Ordnung, Cheerleaderin?«

Fordert er mich etwa heraus?

»Nein! Ich meine … ja!«

Sie klammerte ihre Hände fester ineinander, während sie stur auf den Wäschekorb starrte.

Erneut hörte Megan ein Klicken, was ihre Aufmerksamkeit direkt wieder auf Adam lenkte. Sie sah flüchtig hin. Diesmal war es ihr Shampoo, das er öffnete und eine große Menge in seinem Haar verteilte. Er stand mit dem Gesicht zu ihr, seine Augen fest verschlossen, während er sich shampoonierte.

Ihr Blick wanderte weiter nach unten, über seinen muskulösen Waschbrettbauch, der bei jeder Bewegung fest und massiv wirkte. Eine schmale Haarspur führte von seinem Bauchnabel hinab in den Intimbereich, und ihre Augen blieben für einen Moment an dieser Stelle hängen. Kaum hatte sie sich dabei ertappt, wie ihr Blick tiefer glitt – beinahe den Ansatz seiner Männlichkeit streifend – durchbrach ein leises, tadelndes »Tztz« die Stille. Erschrocken schaute sie hoch, ihre Wangen glühten vor Scham. Es hatte sie erwischt.

»Bleib fair. Ich hab von dir ja auch nichts gesehen.«

Seine Stimme trug einen belustigten Unterton.

Megan blieb stumm, doch innerlich wollte sie im Boden versinken.

Adam stellte das Wasser ab, und es herrschte für einen Moment Stille im Badezimmer. Ihr Herz schlug schneller, als sie hörte, wie er die Tür der Duschkabine öffnete. Sie starrte auf ihre frisch pedikürten Füße und ermahnte sich immer wieder, ihn nicht anzusehen.

Auf einmal waren Adams Füße in ihrem Blickfeld. Im Gegensatz zu seinen wirkten ihre fast wie die eines Kindes.

Wo kauft er bitte Schuhe?

Ein Tropfen Wasser fiel auf ihren Arm, dann ein weiterer.

Ein leichter Druck auf ihrer Schulter ließ sie zusammenzucken. Adam hatte sie mit einem Finger angetippt. Langsam hob sie den Kopf und traf mit einem Blick seinen Schritt.

Ihre Augen verharrten zwischen seinen Beinen. Sie wusste, es gehörte sich nicht, ihn so offensichtlich zu betrachten und vor allem nicht direkt weiter nach oben zu schauen. Doch sie konnte nicht anders.

Sein Geschlecht war umrahmt von einer dunkelblonden Scham. Sie konnte sehen, dass er beschnitten war. Seine rosafarbene, große Eichel lag frei. Er war nicht erigiert und dennoch von einer so beeindruckenden Länge, dass Megan sich beim Fantasieren erwischte.

Wie groß wird er denn noch?

Ein gespieltes Husten von Adam holte sie zurück aus dieser für Megan neuen Fantasiewelt.

»Ich bräuchte etwas von dir.«

Ein Funken Provokation lag in seinem Ton.

»Was … wie?«

Megans Stimme schwankte zwischen Irritation und Neugier.

Adam streckte seine nasse Hand langsam in Richtung Megans Knie aus. Reflexartig öffneten sich ihre Beine.

Warum tue ich das?

Der Gedanke traf sie wie ein Schlag, während erneut ein Kribbeln zwischen ihren Beinen aufflammte. Megans Atem stockte, als sie sah, wie seine Hand sich immer mehr näherte. Ihre Haut prickelte vor Aufregung und sie bemerkte, wie die Wärme zwischen ihren

Schenkeln intensiver wurde. Seine Fingerspitzen streiften die Innenseite ihres Oberschenkels, kaum mehr als eine flüchtige Berührung, und doch wurde ihr immer heißer. Plötzlich griff er ruckartig nach etwas unter ihr.

Dem Handtuch.

Ein fester Zug, und der Stoff glitt unter ihr hervor. Das Handtuch streifte ihre Oberschenkel und hinterließ ein Gefühl, das ihr den Atem nahm. Ihr Blick folgte jeder seiner Bewegungen, unfähig, sich abzuwenden. Mit geschmeidiger Selbstverständlichkeit schlang er sich das Textil um die Hüfte, während seine Muskeln unter der nassen Haut zuckten. Dann hob er den Kopf, fing ihren Blick und zwinkerte ihr zu. Lässig. Dreist. Und viel zu verführerisch.

Kapitel Vierundzwanzig

»Nun ja.«
Ein schiefes Grinsen umspielte seine Lippen
»Das war ja mal eine interessante Situation, oder?«

Er ließ eine Pause, als würde er die Worte abwägen.

»Ich glaube, du kennst jetzt mein bestes Stück besser als ich es mir je erträumt hätte. Ich war nur zwei Jahre weggesperrt, aber normalerweise geht man vorher ein paar Mal auf Dates. Oder?«

Der heiße Dampf der Dusche hing noch immer in der Luft, als Adam die Badezimmertür öffnete. Der feuchte, warme Nebel strömte hinaus und umhüllte beide, als sie in Megans Zimmer traten.

Sein Haar tropfte. Einzelne Tropfen perlten über die breite, muskulöse Schulterpartie, rannen tiefer, verschwanden im Handtuch, das locker an seinen Hüften saß.

Megan konnte den Blick nicht lösen. Jeder Schritt von ihm löste etwas in ihr aus: ein Ziehen, ein Pulsieren. Adam trat als Erster in ihr Zimmer, und mit ihm füllte sich der Raum mit Hitze. Die Luft war schwer, und der Duft von Seife und Wasser vermischte sich mit der aufgeladenen Spannung.

Der Gedanke an das, was sie im Badezimmer gesehen hatte, ließ sie nicht los.

»Wir sollten wohl besser eine Mütze Schlaf bekommen. Es waren anstrengende Stunden, und dir würde Erholung bestimmt auch guttun.«

Seine Worte klangen freundlich.

Ihr Blick wanderte unwillkürlich zu der großen Uhr über dem Schreibtisch: Es war 22:30 Uhr.

Langsam gingen beide zum Bett. Megan fragte sich, wie das funktionieren sollte – zwei Menschen, eine Matratze, und keinerlei Plan, wer wo schläft.

Schlafen wir in einem Bett?, fragte sie sich und ertappte sich dabei, dass ihr dieser Gedanke gefiel. *Wie stellt er sich das vor?*

»Leg dich aufs Bett!«

Die Worte klangen für Megan verlockend, verführerisch.

Sie spürte eine Begierde, die sie nicht zu unterdrücken versuchte.

Stattdessen war sie erleichtert, nach all den Jahren, in denen sie geglaubt hatte, diese sinnliche Welt würde ihr für immer verschlossen bleiben, so zu empfinden.

Puh, ist das hier so heiß. Ist das der Dampf der Dusche? Ist er das? Sind das meine Fantasien?

Megan legte sich vorsichtig auf ihr Bett.

Sie beobachtete Adam aus den Augenwinkeln, als er sich umdrehte und Richtung Trophäensammlung schritt.

Was macht er da?

Neugierig verfolgte sie jede seiner Bewegungen.

Adam griff nach einer der Medaillen ihrer Sammlung. Sein Blick glitt über die glänzende Oberfläche, bevor er mit einem einzigen, entschlossenen Ruck das Band von dieser löste. Das Metall fiel zu Boden und drehte sich ein paar Mal um die eigene Achse, bevor es liegen blieb. Doch Adam schenkte der Medaille keine Beachtung. Sein Fokus lag woanders. Langsam wickelte er das Band um seine Finger, ließ es durch seine Hände gleiten, als würde er seine Stabilität prüfen. Dann richtete er seinen Blick auf Megan. Mit dem Stoffband zwischen den Fingern kam er auf sie zu und zog es straff. Ein Lächeln spielte auf seinen Lippen, das leise Rascheln des Stoffs ließ Megans Herz schneller schlagen.

Was hat er vor?

»Ich schlafe wie ein Bär.«

Seine Stimme war ruhig, während er näherkam.

»Deswegen muss ich sichergehen, dass du mir nicht wieder wegläufst.«

Megan verstand, was er vorhatte, und widersprach nicht. Sie spürte die leise Dominanz in seiner Stimme, die in Sanftheit überging. Ohne ein weiteres Wort nahm er mit langsamen und behutsamen Bewegungen ihre linke Hand. Megan beobachtete ihn mit wachsamen Augen, doch sie wagte keinen Widerstand.

Seine Finger waren erstaunlich sanft, als er das Stoffband um ihr Handgelenk wickelte und am kühlen Bettgestell befestigte. Er bemühte sich sichtlich, ihr keine Schmerzen zuzufügen, dennoch zog er den Knoten fest genug an, dass sie sich nicht ohne Weiteres hätte befreien können. Megan fantasierte und stellte sich vor, mit beiden Händen am Bettgestell gefesselt zu sein und mit verbundenen Augen vor ihm zu liegen, vollkommen nackt. Er würde ihren ganzen Körper liebkosen. Sie wüsste nie, wo seine Lippen sie als Nächstes berührten.

Gerade als sie weiter in ihrer Fantasie abdriftete, holte Adams »Ist das so okay?« Megan zurück in die Realität.

Sie nickte und beobachtete, wie Adam geschickt und raffiniert einen Knoten formte, den sie nie zuvor gesehen hatte. Selbst mit beiden Händen wäre es schwierig gewesen, ihn zu lösen, doch mit nur einer freien Hand war es ihr schier unmöglich. Sie fühlte das kalte, weiche Material des Bandes auf ihrer Haut, das weder schnitt noch drückte, doch sein Zweck war unmissverständlich.

Adam hielt kurz inne, als wäre er zufrieden mit seinem Werk, und schaute zu ihr. Sein Gesichtsausdruck war nicht triumphierend oder hart, sondern ruhig.

»Das sollte reichen.«

Er sprach mehr zu sich selbst als zu ihr.

Megan wagte es nicht, etwas zu sagen. Sie testete vorsichtig die Spannung des Bandes, doch jede Bewegung bestätigte nur, dass der Knoten seinen Zweck erfüllte. Sie würde nicht einfach entkommen können.

Aber möchte ich entkommen?

Adam richtete sich auf und betrachtete sie einen Moment.

»Ist es wirklich okay? Ich will dir nicht wehtun, Megan. Ich will nur sicherstellen, dass du bleibst und nicht wieder versuchst, dich aus dem Staub zu machen.«

Sie nickte.

Danach ging er zum Erker, nahm eines der großen Kissen sowie eine Wolldecke und warf beides rechts neben das Bett, um sich eine improvisierte Schlafstelle einzurichten. Megan sah ihm schweigend zu, während sie versuchte, ihre eigenen Gefühle zu ordnen.

Unerwartet kamen die Worte über ihre Lippen: »Du musst nicht auf dem Boden schlafen. Das Bett ist groß und weich.«

Sie wurde rot. Feuerrot. Ihre eigenen Worte überraschten sie ebenso wie ihn, denn Adam zuckte nur mit den Schultern. Sein Gesichtsausdruck war für Megan schwer zu deuten.

»Wie du meinst«, antwortete er knapp, ohne groß zu zögern. Er hob das Kissen vom Boden und platzierte es neben sie auf das Bett. Dann legte er sich langsam hin, als wollte er sicherstellen, dass sie nicht ihre Meinung änderte. Sein Gesicht entspannte sich, und für einen Moment wirkte er auf Megan zufrieden.

Wie lange er wohl nicht mehr in einem weichen Bett geschlafen hat?

Das Handtuch war immer noch um seine Hüften geschlungen, doch Megan wagte es nicht, ihn allzu lange zu betrachten. Ihr Blick glitt kurz nach unten, ehe sie ihn hastig wieder hob. Ihr Herz schlug schneller, und sie hoffte, dass er ihre Unsicherheit nicht bemerkte.

Minutenlang lagen beide nebeneinander und schauten sich einfach nur an. Keiner von ihnen sprach ein Wort, und dennoch war die Stille alles andere als unangenehm. Für Megan fühlte es sich beinahe vertraut an. Sie konnte förmlich zusehen, wie seine Haut trockener wurde, der leichte Glanz verschwand und nur noch die Wärme seines Körpers zurückblieb. Zum ersten Mal seit Langem fühlte sie sich nicht mehr allein, denn es gab nun einen Menschen, der wusste, was sie durchgemacht hatte.

In Megan wuchs der Wunsch, mehr über Adam zu erfahren. Da war so viel an ihm, das sie nicht verstand, unzählige Schichten, die sie gerne näher ergründen wollte. Aber sie hatte Angst, ihn mit ihrer Neugier aufzuwühlen oder gar wütend zu machen. Ihre Erfahrungen in den letzten Stunden hatten ihr gezeigt, dass Adams Stimmung durchaus unberechenbar sein konnte.

Und doch wagte sie es. Megans Blick wanderte von seinem Gesicht zum zarten Stoff des Baldachins ihres Himmelbetts, unsicher, ob sie die Stille brechen sollte. Seine Augen waren müde und dunkel. Sie wusste, dass ein tiefer Schmerz in ihm lag, der ihn zu all den Entscheidungen getrieben hatte.

Schließlich fasste sie sich ein Herz und sah ihm direkt in die Augen.

Kapitel Fünfundzwanzig

»Adam, ich verstehe, warum du wütend und verletzt bist, warum du … das hier alles tust. Aber denkst du nicht, dass es einen anderen Weg gibt?«

Sie suchte nach den richtigen Worten, doch in ihrem Kopf schwirrten nur Fragen.

Adam drehte sich zu ihr, sein Blick ruhig, aber voller Schmerz. Für einen Moment schwieg er, als müsste er Megans Worte erst vollständig verarbeiten. Dann richtete er sich langsam auf, stützte die Ellbogen auf die Knie und strich mit einer Hand durch die feuchten Haare, während er in Richtung des Kleiderschranks sah.

»Megan, ich habe mir diese Frage unzählige Male gestellt. Glaub mir, ich habe mir gewünscht, dass es einen anderen Weg gibt. Es gibt keine Beweise für die Vergewaltigung. Das ist über dreißig Jahre her. Keine Zeugen. Keine Polizei. Nichts. Selbst wenn es welche gäbe, wäre das Verbrechen längst verjährt. Ich habe mich nie zu meiner Tat geäußert, weder als ich verhaftet wurde noch während meiner Gerichtsverhandlung und erst recht nicht im Gefängnis. Nicht ein einziges Wort. Auch nicht in den vertraulichen Gesprächen mit meinem Pflichtverteidiger. Ich wollte nicht, dass irgendjemand mein Motiv kennt, warum ich es getan hatte. Ich hätte das Andenken meiner Mom schädigen können, wenn ich versucht hätte, alles zu erklären, um Mitleid zu erlangen. Aber Mitleid war das Letzte, was ich wollte. Es war mir gleichgültig, als eiskalter Killer gesehen zu werden, als ein Tier, das man für immer in Ketten legen müsste. Für mich zählte nur eines: Meine Mom hatte in ihrem Tod endlich Frieden gefunden. Und ich wollte diesen Frieden nicht stören, konnte nicht ertragen, dass ihre Peiniger weiterleben, als wäre nichts gewesen. Ich lebe nicht mehr für mich. Ich lebe nur noch für ihr Andenken. Ich kann nicht in einer Welt existieren, in der solche Männer wie Ralph Miles ungestraft weiterleben. Menschen wie er zerstören Leben, immer und immer wieder, und kommen einfach damit durch. Ich will einfach nur Gerechtigkeit.«

Adam hielt inne und kämpfte mit den Worten.

»Meine Mom … sie war eine starke Frau, weißt du? Zumindest bevor ihr das alles passiert ist. Eine

Kämpferin. Denn sie hatte es wirklich nicht leicht, kam aus schlechten Verhältnissen, hatte gewalttätige Eltern. So wurde es mir erzählt, obwohl sie mit mir nie darüber gesprochen hatte. Aber ab dem Moment, als diese Bastarde sie vergewaltigt haben, war sie nicht mehr dieselbe. Sie hat zwar ihr Leben weitergelebt … ja … aber in ihr drin war sie kaputt. Auf ihrer Beerdigung hat meine Tante Mildred etwas gesagt …«

Seine Stimme war fast tonlos.

Megan schwieg, wartete.

»Sie sagte, sie konnte nie begreifen, warum meine Mom sich das Leben nahm. Aber dann erinnerte sich Mildred daran, wie sie sich damals von heute auf morgen verändert hatte. Niemand wusste, warum. Sie war auf einmal nur noch zu Hause, igelte sich ein, traf sich nicht mehr mit ihren Freundinnen, war nicht mehr so offen und nicht mehr so fröhlich.«

Seine Stimme wurde brüchig, doch er zwang sich, weiterzusprechen.

»Jeden Tag, jede Minute habe ich gesehen, wie der Schmerz sie langsam zerstört hat, auch wenn sie sich Mühe gab, es zu verstecken. Ohne zu wissen, was los war. Als Kind spürt man, wenn etwas nicht stimmt. Irgendwann hat sie aufgehört, zu kämpfen. Und das alles, weil Männer wie Miles glauben, sie könnten tun, was sie wollen, und das ohne irgendwelche Konsequenzen fürchten zu müssen.«

Megan spürte einen Kloß in ihrem Hals. Sie wollte etwas sagen, Adam trösten, doch die Intensität seiner Worte ließ sie verstummen. Stattdessen legte sie ihre Hand vorsichtig auf seinen Arm.

Adam sah sie an, seine Augen suchten ihren Blick. »Der Tod des letzten Mistkerls, Ralph Miles: Das ist … Gerechtigkeit. Und ich weiß, dass ich für meine Taten irgendwann zahlen werde, sogar mit meinem eigenen Leben.« Er hielt inne und seine Stimme wurde ruhiger.

»Aber bis dahin ist Gerechtigkeit für meine Mom alles, was mich noch am Leben hält.«

Die Stille zwischen ihnen lag schwer in der Luft, doch ihre Last wirkte nun leichter als zuvor. Etwas hatte sich verändert.

Megan begann zu begreifen, was Adam antrieb, warum er handelte, wie er es tat. Seine Worte entschuldigten nichts, aber sie zeichneten ein Bild, das ihr half, zu verstehen.

Und in diesem Moment sah sie nicht nur den wütenden, gefährlichen Adam. Sie sah den jungen Mann, der auf schreckliche Art seine Mutter verloren hatte, schon lange, bevor sie wirklich von ihm gegangen war.

Adam legte sich zurück aufs Bett, die Arme im Nacken verschränkt.

»Willst du mir mehr über deine Mom erzählen?«

Ihre Stimme klang leise, fast zaghaft. Sie wusste nicht, ob das eine gute Idee war, ihm diese Frage zu stellen. Für Megan schien Adam bereit zu sein, sich zu öffnen, und sie hoffte, es würde ihm genauso helfen, über die Vergangenheit zu reden, wie es ihr geholfen hatte.

Sie musste an ihre Freundin Taylor denken, als diese einen allergischen Schock erlebt hatte.

Sie hatten damals eine Party besucht, laute Musik dröhnte durch das Haus, fröhliches Lachen und das Klirren von Gläsern vermischten sich mit dem dumpfen Bass.

Taylor war in Partystimmung, ihre Wangen gerötet vom Alkohol, als sie plötzlich das Gesicht verzog und ihre Augen groß wurden. Sie presste eine Hand an ihre Kehle, ein panisches Keuchen entkam ihrer Brust.

Megan erinnerte sich daran, dass Taylor ein Stück Kuchen gegessen hatte. Vermutlich hatte sie im angeheiterten Zustand nicht nachgefragt, ob dieser Nüsse enthielt. Der panische Ausdruck in ihrem Gesicht brannte sich unauslöschlich in Megans Gedächtnis: das Chaos, die Schreie. Und dann der Moment, in dem endlich jemand den Notfall-Pen aus Taylors Handtasche zog. Sekunden später hob sich ihr Brustkorb wieder gleichmäßig, die Rötung auf ihrer Haut verblasste, und eine spürbare Erleichterung legte sich über alle Anwesenden.

Taylor wurde ins Krankenhaus gebracht und blieb stundenlang unter Beobachtung. Ihr Körper beruhigte sich. Der Notfall-Pen hatte den ersten Schritt möglich gemacht, wie ein Schlüssel, der eine verschlossene Tür zur Heilung öffnete.

Megan erkannte, wie dieses schreckliche Ereignis aus ihrer Vergangenheit in Zusammenhang mit den Dingen stand, über die man sonst schwieg. Traute man sich erst, darüber zu sprechen, glich es dem Stich des Notfall-Pens: eine plötzliche Erleichterung, fast wie ein Luftholen nach langer Enge. Eine Veränderung, die man sofort spürte, sobald die Wirkung einsetzte. Doch die eigentliche Heilung würde Zeit brauchen. Langsam, womöglich schmerzhaft sein. Aber sie könnte beginnen – genau in dem Moment, in dem man sich öffnete.

Adam schaute Megan an, sein Blick tief und durchdringend. Einen Moment lang bereute sie ihre Frage, doch dann sprach er mit ruhiger und sanfter Stimme: »Sie war die tollste Mom der Welt. Wir haben früher in einem Shotgun-Haus in einem ärmlichen Viertel gelebt.«

Megan runzelte die Stirn.

»Ein … Shotgun-Haus?«

Sein Mundwinkel zuckte leicht. Er hatte mit dieser Reaktion gerechnet.

»Ja. So nennt man diese kleinen Häuser, die in einer Linie gebaut sind. Eingangstür vorne, Ausgangstür hinten. Wenn du durch die Haustür schießt, würde die Kugel direkt durch alle Zimmer fliegen und zur Hintertür rausgehen. Deshalb der Name. Die Gegend, in der wir gelebt haben, war nicht gerade sicher. Schießereien waren an der Tagesordnung. Aber es war das Einzige, was meine Mom sich leisten konnte. Diese Häuser sind klein und eng, aber …«

Er hielt inne, seine Stimme wurde leiser.

»… es war unser Zuhause. Egal wie kaputt alles war oder wie chaotisch es zuging, sie hat immer versucht, unser Zuhause irgendwie … warm wirken zu lassen.«

Megan hörte, wie seine Stimme weicher wurde, während er sprach. Sie erkannte, wie die Erinnerung an dieses frühere Leben in ihm aufstieg, mit all seinen guten und schlechten Zeiten.

»Die Küche war direkt am Wohnzimmer, und die Räume waren winzig.«

Ein Lächeln lag auf seinen Lippen.

Megan nickte langsam, obwohl sie sich kaum vorstellen konnte, in einem Haus zu leben, das so klein und einfach war. Er sah sie an, seine Augen schwer, aber voller Ehrlichkeit.

»Nicht oft, und dennoch denke ich manchmal an diese Zeit zurück … ja. Weil es das letzte Mal war, dass ich mich wirklich richtig zu Hause gefühlt habe. Geld war in unserer Familie immer knapp, aber meine Mom hat stets versucht, meine Geschwister und mich das nicht spüren zu lassen. Sie hat sich den Rücken krumm geschuftet, hatte mehrere Arbeitsstellen, nur damit es uns an nichts fehlte. Zumindest an nichts, was wirklich zählte.«

Seine Gesichtszüge spannten sich an.

»Ich war ein schwieriger Jugendlicher, habe ihr viel Kummer bereitet.«

Er sah Megan an.

»Hör zu, ich will dir nicht zu nahetreten. Aber ich denke nicht, dass du dir das auch nur ansatzweise vorstellen kannst, wie es ist, wenig zu haben. Als Jugendlicher will man viele Dinge: iPhones, Schuhe, Spielekonsolen oder auch Klamotten, die nicht aussehen, als hätten sie schon drei andere vor dir getragen. Ich begann mit kleinen Diebstählen, erst in Supermärkten, dann habe ich Autos gestohlen. Doch das eigentliche Geschäft war das Weed. Ich dealte in Clubs, Hinterhöfen. Ich kannte die Regeln: Sei schneller als die Cops und lass dich nicht erwischen. Das bereue ich heute mehr denn je, meiner Mom diesen Kummer gemacht zu haben. Jetzt, wo ich weiß, was all die Jahre in ihr vorging. Aber sie war immer da. Sie war gütig und liebevoll. Egal, was ich angestellt habe, sie hat mich verteidigt wie eine Löwenmutter. Egal, wie oft sie wegen mir in die Schule zitiert wurde … und glaub mir, das passierte oft. Ich habe früh angefangen, Sport zu machen. Ich glaube, das war das Einzige, was mir damals Spaß gemacht hat. Aber nachdem ich in der Highschool-Turnhalle randaliert hatte, durfte ich da nicht mehr hin. Das war eigentlich nur eine blöde Rangelei zwischen mir und einem Kumpel. Wir haben uns gegenseitig hochgeschaukelt, bis eine Bank und zwei Spinde zu Bruch gingen. Ein Fitnessstudio hätten wir uns eigentlich nicht leisten können. Aber …«

Er spannte seinen linken Arm an, zeigte den beeindruckenden Bizeps.

»… sie hat es mir trotzdem ermöglicht. Das hier habe ich meiner Mom zu verdanken.«

Ein warmes, echtes Lächeln zeigte sich, als er einen seiner Arme anspannte.

Er wollte die Stimmung heben, als er diese letzte Bemerkung machte, zumindest vermutete Megan es. Doch in seinen Augen lag etwas anderes: pure Trauer um die

Frau, die er über alles liebte, aber auch Stolz, dass diese beeindruckende Frau seine Mutter war.

»Ich weiß nicht, warum ich das erzähle«, begann er, seine Stimme leiser als zuvor, fast ein Murmeln. »Aber manchmal … höre ich sie noch summen.«

Megan sah ihn überrascht an und erinnerte sich an sein Summen unter der Dusche. Sie traute sich nicht, etwas zu sagen, sie wollte ihn nicht unterbrechen.

»Es war so eine alberne kleine Melodie. Nichts Besonderes, nur ein Lied. Sie hat es immer gesummt, wenn ich mich als Kind verletzt hatte oder …«

Ein Hauch von Wehmut lag in seinem Lächeln.

»Oder wenn ich wütend war, so richtig außer Kontrolle. Diese Melodie hat mich immer beruhigt. Wie eine Beruhigungspille.«

Er lachte leise, aber ohne wirkliche Freude.

»Ich hab es als Teenager gehasst, wie gut das immer noch funktioniert hat. Kaum fing sie an zu summen, war meine Wut wie verschwunden. Einfach … puff.«

Er schnippte mit den Fingern.

»Und jetzt?«, fragte Megan leise. »Hörst du diese Melodie immer noch?«

Adam sah sie an, sein Blick schwer und voller Emotionen.

»Manchmal«, gab er zu. »Aber … nicht oft genug.«

Megan spürte eine Welle der Ergriffenheit in sich, als sie den Mann ansah, der so viel Schmerz und Härte in sich trug, aber gleichzeitig so deutlich von einer zerbrechlichen Erinnerung seiner Kindheit sprach. Ihre Augen wurden feucht, und sie blinzelte schnell, um die aufkommenden Tränen zu unterdrücken.

Er bemerkte es, hielt inne und sah Megan an.

»Sie war eine unglaubliche Frau.«

Seine Stimme wurde voller Ehrfurcht leiser.

Megan nickte langsam, ihre Gedanken bei der Frau, die er so innig beschrieben hatte. Sie verstand, was es bedeutete, von der Vergangenheit gefangen gehalten zu werden. Vor vierundzwanzig Stunden hätte sie nicht einmal in Erwägung gezogen, über ihre schlimmsten Erfahrungen zu sprechen. Aber als sie Adam zuhörte, wurde ihr klar, dass sie bereits einen ersten Schritt gemacht hatte: Megan hatte angefangen, zu reden. Ein Neuanfang. Noch lag vieles im Dunkeln, vieles schmerzte. Doch sie spürte, dass sich etwas gelöst hatte. Heilung vollzog sich nicht über Nacht, das wusste Megan. Doch mit diesem ersten Schritt hatte sie eine Tür geöffnet. Eine, hinter der vielleicht etwas wartete, das sich wie Frieden anfühlen konnte. Eine Chance auf ein Leben, das nicht mehr von den Traumata der Vergangenheit geprägt war.

Kapitel Sechsundzwanzig

Was auch immer in Megan vorging, es überkam sie schlagartig und mit einer Wucht, die sie nicht kontrollieren konnte. Bevor sie darüber nachdachte, beugte sie sich zu Adam hinüber und drückte ihm einen kurzen, zaghaften Kuss auf die Lippen. Es war nur ein flüchtiger Moment, aber lange genug, um die Wärme seiner Lippen zu spüren und ein leichtes Pieksen seines Dreitagebarts auf ihrer Haut zu fühlen.

Kaum kehrte sie wieder in ihre Position zurück, überkam sie Verlegenheit. Megans Gesicht wurde heiß, und sie wünschte sich in diesem Moment nichts sehnlicher, als unsichtbar zu werden.

Doch bevor sie weiter in ihrer Scham versinken konnte, beugte sich Adam mit einer schnellen, entschlossenen Bewegung zu ihr herüber. Seine starke, raue Hand berührte ihre Wange, führte ihr Gesicht sanft zu seinem, und dann küsste er sie. Diesmal war es kein zaghaftes Lippenbekenntnis, sondern ein intensiver, verlangender Kuss. Seine Lippen drückten sich fest auf ihre, seine Zunge fand den Weg in ihren Mund, und Megan konnte nicht anders, als sich diesem Kuss voll und ganz hinzugeben. Er ließ seine Finger sachte über den Stoff ihres Bademantels gleiten, bevor dieser sanft von ihrer rechten Schulter rutschte. Seine Bewegungen waren so langsam und bedacht, als wollte er den Moment dehnen, ihn unauslöschlich machen. Ihre Haut prickelte unter seiner Berührung, und seine Hand ließ sie unwillkürlich erzittern. Es war ein süßes Zittern, das zwischen Nervosität und Verlangen schwankte.

Jetzt lag Megan vor ihm: entblößt. Nicht nur mit nackter Haut. Die erste Entblößung hatte tiefer gelegen: Sie hatte ihm ihre Wahrheit offenbart. Schicht für Schicht fiel, was sie so lange verborgen gehalten hatte, bis nichts mehr von der mühsam aufgebauten Fassade blieb. Nun näherte sich die zweite Entblößung: die körperliche. Und sie verlangte danach. Adam trug bereits ihre Geheimnisse in sich, jetzt sollte er auch ihren Körper entdecken.

»Ich … ich habe nie mehr nach …«

Ihre eigenen Worte überraschten Megan. Ihre Stimme war kaum mehr als ein Flüstern, zitternd und von Scham durchzogen. Geschockt darüber, dass sie diese Worte ausgesprochen hatte, riss Megan die Augen weit auf. Ein Schauer durchfuhr ihren Körper, und die Hitze ihres Errötens kroch ihr bis zum Hals.

Reflexartig schlug sie die Hände vor den Mund, als könnte sie damit die Worte zurückholen, sie ungehört machen. Doch es war zu spät. Sie schwebten zwischen ihnen.

Ihre Atmung ging flach, und sie wagte nicht, Adam anzusehen.

Was denkt er?

Die Frage pulsierte in ihrem Kopf, während sie mit den Fingern ihre Lippen bedeckte, als könnten sie jede weitere Offenbarung unterdrücken.

Er sagte nichts. Stille. Doch anstatt wegzusehen, rückte Adam näher. So nah, dass sie seinen warmen Atem auf ihrer Haut spürte.

Mit einer ruhigen, fast provozierenden Sanftheit legte er eine Hand auf ihre Hüfte.

»Megan, das dachte ich mir schon, dass du nach …«

Seine Stimme war kehlig und doch warm. Sie wagte nicht, ihn anzusehen, doch sie konnte seinem Blick nicht lange entkommen. Er ließ die Worte einen Moment in der Luft hängen.

»Willst du das wirklich? Jetzt?«

Sie hob den Kopf und sah ihn an, ihre blauen Augen suchten nach einer Antwort auf das, was Adam gefragt hatte. Er hielt Megans Blick stand.

»Und dieser Moment hier …«

Er lächelte leicht, aber es war nicht spöttisch, sondern voller Verständnis.

»… dieser Moment ist doch echt verrückt. Ich will! Du kannst dir nicht vorstellen, wie sehr ich es will! Aber ich möchte nicht, dass du es danach bereust.«

Megans Kehle schnürte sich zu. Seine Worte berührten sie tief, denn sie waren nicht das, was sie erwartet hatte. Sie hatte befürchtet, dass Adam sie verhöhnen oder die Situation ins Lächerliche ziehen würde.

»Ich muss wissen, dass du wirklich bereit bist. Nicht meinetwegen, sondern weil du es selbst willst. Ich will, dass du weißt: Ich habe das nicht geplant, ich habe einen Auftrag. Aber jetzt, wo ich bei dir bin, will ich dich!«

Megan atmete tief ein, ihre rechte Hand berührte seine, die immer noch auf ihrer Hüfte lag, während sie den Mut sammelte, die Worte auszusprechen, die in ihrem Inneren brannten. Sie sah Adam in die Augen, so tief und intensiv.

»Und ich will dich!«, hauchte sie schließlich. Es war eine Offenbarung, ein Ausdruck ihres Verlangens und seines Vertrauens, so zumindest hoffte es Megan, da er mit einem geschickten Griff den Knoten ihrer Fessel öffnete und ihre Hand befreite.

»Ich vertraue dir. Du hast mir mehr geholfen, als ich es in Worte fassen kann. Dass ich mich dir anvertrauen konnte, hat mich befreit. Und jetzt … jetzt empfinde ich Dinge, die ich noch nie zuvor empfunden habe.«

Adam sprach kein Wort. Megan erkannte in seinen Gesichtszügen ein Verlangen, das genauso stark war wie ihres. Sein Blick verharrte auf ihr. Sie spürte, dass er sich ihrer Anziehung nicht länger entziehen konnte. Ihre Augen wanderten an ihm hinunter, ihre Wangen röteten sich, als sie die offensichtliche Reaktion zwischen seinen Beinen bemerkte.

Mit einer flüssigen Bewegung löste Adam sein Handtuch. Es rutschte von der Bettkante und fiel achtlos zu Boden, und Megan sah seine riesige Erektion. Es gab keinen Zweifel daran, dass ihre Worte ihn erreichten und er sie begehrte.

Ohne Zögern griff er nach ihrem Bademantel. Sie setzte sich auf, als wollte sie das Ausziehen beschleunigen, keine Zeit verlieren. Der seidene Stoff rutschte von der Bettkante, während Megan sich auf den Rücken legte. Er zog sie zu sich und küsste sie erneut, dieses Mal leidenschaftlicher, tiefer als zuvor, als könnte er die ganze Welt um sich herum vergessen. Der Kuss war wild, ungezähmt, und Megan gab sich ihm vollkommen hin.

Dann löste er sich von ihrem weichen Mund und erkundete ihre Haut. Seine Lippen fanden ihren Hals, streiften über die empfindliche Stelle direkt unter ihrem Ohr. Sie schloss die Augen, ein leises Keuchen entkam ihr, während ihre Finger sich in die Bettdecke krallten.

Adams Küsse wanderten tiefer, fanden ihre Schlüsselbeine, bevor er sanft auf ihren Brüsten verblieb. Seine Zunge hinterließ heiße, feuchte Spuren auf ihrem Busen. Zart knabberte er an ihren Brustwarzen und knetete ihre Brüste mit beiden Händen.

Adam setzte die Erkundungen an Megans Körper fort, sein Mund hinterließ einen Weg aus weichen, fordernden Küssen auf ihrem Bauch, bis er schließlich mit seinem Kopf zwischen ihren Schenkeln versank. Seine Hände lagen fest auf ihren Hüften, und er sah zu ihr auf, seine Augen dunkel vor Verlangen.

»Ich will dich, Megan.«

Seine Worte klangen wie ein leises Knurren, bevor sein Gesicht erneut zwischen ihren Beinen verschwand, um sie mit einer Intensität zu lieben, die sie alles um sich herum vergessen ließ.

Diese Berührungen machten sie wahnsinnig. Ihre Mitte wurde immer feuchter. Sie warf sich hin und her und stöhnte, ihr ganzer Körper begann zu schwitzen. Solche Gefühle hatte sie noch nie erlebt. Ihre Hände griffen in sein Haar, hielten ihn fest, während Adam sie liebkoste. Jede Berührung, jede Bewegung seiner Zunge, jeder Kuss brachte sie näher an den Rand des Wahnsinns. Megan fühlte sich wie in einem Rausch, verloren in einem Wirbel aus Verlangen und Ekstase, den sie nicht kontrollieren konnte.

Ihr wurde immer heißer, ihre Haut glühte unter seinen Berührungen. Die Welt um sie herum schien zu verschwimmen, nichts existierte mehr außer Adam und den intensiven Gefühlen, die durch ihren Körper schossen. Ihre Atmung wurde schneller, ihre Hände krallten sich in die Laken, als ein unbeschreibliches Feuer in ihr aufstieg.

Jeder Nerv in ihrem Körper war wie elektrisiert. Schließlich überrollte sie eine Welle der Ekstase. Sie bäumte sich unter ihm auf. Ein lautes, unkontrolliertes Stöhnen entwich ihren Lippen, während ihr ganzer Körper zitterte. Der Moment schien sich ins Unendliche zu dehnen, bevor sie erschöpft in sich zusammensank, vollkommen überwältigt von der Intensität dessen, was sie gerade erlebt hatte.

Beide entspannten sich für einen Augenblick. Megan drehte sich langsam zur Seite. Er legte sich dicht hinter sie, zog sie in seine Arme und presste seinen Körper fest an ihren. Sie spürte, wie seine Erektion sich gegen ihren Po drückte, warm und pulsierend. Das Zucken verriet, dass er noch immer im Moment gefangen war, genauso wie sie.

Ein leichtes Lächeln kam über Megans Lippen, während sie nach hinten griff und Adam berührte. Sie wollte sich revanchieren und seinen Körper erkunden. Ihre Finger umschlossen seine Härte, und sie begann sanft, diese zu massieren. Sie spürte, wie die Erektion in ihrer Hand pulsierte, glühend von der Hitze seiner Lust. Ihre Bewegungen waren langsam, fast verspielt. Sein leises Keuchen ließ sie wissen, dass sie genau das erreichte, was sie wollte.

Adams Hände fanden ihren Körper wieder, und die Spannung zwischen ihnen begann sich erneut aufzubauen. Bereit, sie in eine weitere Welle des Verlangens zu ziehen. Megan legte sich auf den Rücken, während sie Adam ansah. Die Art, wie seine Augen ihren Körper verschlangen, ließ sie vor Erwartung erzittern.

Er beugte sich über sie, sein muskulöser Körper schwebte wie ein Koloss nur ein paar Zentimeter entfernt über ihrem. Seine Erregung lag warm, pulsierend und fest auf ihrem Bauch, ein klares Zeichen seines Verlangens nach ihr.

»Ich will dich spüren, Adam.«

Megan sprach mit weicher Stimme, aber voller Entschlossenheit. Sie hob die Hände, ließ ihre Finger über seine Arme gleiten, spürte die Kraft in seinen Muskeln. Sie öffnete ihre Schenkel. Ihr Blick hielt den seinen fest, und in diesem Augenblick existierte nichts außer ihnen.

Er zögerte nicht. Mit einer kontrollierten Bewegung richtete er sich ein wenig auf, und Megan konnte zusehen, wie sich seine Muskeln anspannten. Die Art, wie er sich bewegte, war hypnotisierend, fast animalisch in seiner Präzision und Leidenschaft, als er langsam in sie eindrang.

Beide hielten den Atem an. Ihre Körper verschmolzen, als ob sie füreinander bestimmt waren. Jeder Zentimeter seiner Härte füllte sie kontrolliert und behutsam aus. Ein leises Keuchen entkam ihren Lippen. Sie schlang ihre Arme um ihn und zog Adam näher zu sich, während die Intensität sich weiter aufbaute. Seine Bewegungen waren anfangs langsam und zärtlich. Doch die Leidenschaft in seinen Augen verriet Megan, dass er sich kaum noch zurückhalten konnte. Sie ließ sich vollkommen fallen, während die Welt um sie herum verblasste und nur noch sie beide zählten.

So ging es lange zwischen ihnen: ein intensives Spiel aus Nähe und Verlangen. Adam ließ Megan immer wieder die Spannung spüren, entzog sich ihr kurz und füllte sie direkt mit einem festen Stoß wieder aus. Schneller und härter. Sie spürte ihn bis tief in sich. Zu tief. Zu groß.

Megan keuchte, ihre Finger krallten sich in das Laken unter ihr. Wellen aus Hitze durchströmten sie, ausgelöst von jeder seiner Bewegungen, von jeder Berührung, die sie tiefer in die Lust trieb. Er beherrschte ihren Körper, als hätte er ihn längst studiert. Sie öffnete sich ihm vollkommen. Sie war bereit, alles zu empfangen, was er ihr gab.

Adams Oberkörper glänzte vor Schweiß, kleine Tropfen liefen über seine definierte Brust und seinen Bauch, bis sie auf Megan landeten. Sie griff nach seinem festen Po und spürte, wie sich die Muskeln bei jedem Stoß anspannten und wieder entspannten. Es war, als könnte sie sich an ihm festhalten, an der Kraft und der Kontrolle, die er ausstrahlte.

Dann geschah es erneut. Eine glühende Hitze durchflutete sie, ließ sie unwillkürlich keuchen. Halb in Gedanken, halb verloren in der Flut der Empfindungen, die ihren Körper durchzog, dachte sie, sie würde den Verstand verlieren.

Sie war sich kaum noch sicher, wo ihr Verstand endete und ihr Körper begann. Adam wurde immer lauter, sein Stöhnen wurde intensiver, roh und animalisch. Die Art, wie er sich bewegte, ließ Megan synchron mit ihm stöhnen.

Sie fanden einen Rhythmus, eine Harmonie, und als sie beide schließlich den Höhepunkt erreichten, war es, als würde die Welt für einen Augenblick stillstehen.

Sein Körper zuckte in ihrem, die Intensität des Moments ließ sie beide erbeben. Er beugte sich zu Megan hinunter. Adams Lippen fanden ihre in einem zarten, aber leidenschaftlichen Kuss, während er sich ihr entzog. Megan fühlte seine Männlichkeit klebrig an der Innenseite ihrer Oberschenkel.

Adams Finger glitten sanft über ihr Gesicht, streichelten ihre Wangen und ihre Haare. Es war eine Geste voller Zuneigung, beschützend, und sie spürte, wie ihre Brust sich mit einem warmen Gefühl füllte.

Nachdem er sich hinter Megan gelegt hatte, kuschelte er sich an sie und umarmte sie. Adams starke Arme umklammerten Megan, als wollte er sie nie wieder loslassen. Sie hörte, wie sein Atem sich verlangsamte, und fühlte die Wärme seines Körpers an ihrem Rücken.

In diesem Moment war alles vollkommen. Gemeinsam, eng umschlungen, glitten die beiden in einen tiefen, erholsamen Schlaf. Ihre Körper erschöpft von ihrer Leidenschaft.

Kapitel Siebenundzwanzig

Megan wachte auf. Alles war dunkel. Das Zimmer lag in völliger Stille, nur das sanfte Geräusch ihres Atems durchbrach die Ruhe.

Megan war nackt. Eine warme Decke lag schützend über ihr. Adam hatte sie zugedeckt und das Licht ausgeschaltet. Vorsichtig streckte sie ihre Hand aus und tastete neben sich nach links. Die Bettseite war leer. Kein Adam.

Vorsichtig suchte sie in der Dunkelheit mit ihren Fingern nach der kleinen Lampe auf ihrem Nachttisch und betätigte den Schalter.

Wie spät ist es?

Diese Frage schoss ihr durch den Kopf, geblendet vom hellen Licht der Lampe. Der Lichtschein erfüllte den Raum, und ihr Blick fiel auf die Armbanduhr, die dort lag. Sie war ein Geschenk ihres Vaters gewesen, und sie stellte fest, dass es kurz nach fünf Uhr morgens war. Ein seltsames Gefühl überkam sie, während sie den Gedanken an ihren Vater beiseite schob.

Wo ist Adam?

Eine Welle der Trauer rollte durch sie hindurch, stärker, als sie es erwartet hatte.

Ist er etwa gegangen?

Sie drehte ihren Kopf in Richtung der geöffneten Zimmertür, und ihr Blick fiel auf einen Lichtschein, der aus dem Flur kam. Hoffnung keimte in ihr auf. Sie setzte sich auf, hob ihren Bademantel vom Boden auf und zog ihn an. Das weiche Material fühlte sich kühl auf ihrer Haut an, als sie langsam Richtung Flur ging.

Dort angekommen sah sie, dass das Licht aus dem Büro ihres Vaters kam. Megans Herz schlug schneller, und ein Gefühl von Erleichterung durchströmte sie. Adam war nicht verschwunden. Wie in Trance folgte sie dem Licht.

Der Flur der ersten Etage war ihr vertraut, ihr ganzes Leben hatte sie in diesem Haus verbracht. Sie kannte jeden Winkel, doch nun wirkte der Korridor lang und kühl, wie ein Tunnel, der sich ins Ungewisse erstreckte. Das warme Licht der Nachttischlampe aus Megans Zimmer verschwand, als die Tür hinter ihr ins Schloss fiel. Der Teppich, ein teures cremefarbenes Gewebe, verschluckte jeden ihrer Schritte, und doch hörte sie das leise Knarren des Holzbodens darunter, ein kaum wahrnehmbarer Laut.

Die Wände waren gesäumt von Bildern. Familienporträts in schweren, goldenen Rahmen, sorgfältig ausgerichtet. Ebenso zierte den Flur eine Reihe von Schwarz-Weiß-Fotografien, die Megans Vater gesammelt hatte: malerische Landschaften und alte Städte. Eines der Bilder zeigte das Kolosseum in Rom.

Auf halbem Weg zum Zimmer ihres Vaters hingen zwei opulente Kronleuchter von der Decke.

Der Flur führte am Schlafzimmer ihrer Eltern vorbei, dessen Tür einen Spalt geöffnet war. Sie beschleunigte unwillkürlich ihre Schritte, hielt den Blick geradeaus.

Am Ende des Korridors lag das Büro ihres Vaters. Sie erinnerte sich daran, wie oft sie ihn hier arbeiten gesehen und ihn mit Geschäftspartnern bis spät in die Nacht hinein telefonieren gehört hatte. Megan lief ein leichtes Frösteln über ihre Haut.

Vor der offenen Bürotür blieb sie stehen und atmete tief durch. Für einen Moment war alles still – nur ihr Herz, das wild in ihrer Brust schlug, begleitete sie. Sie betrat den Raum, angetrieben von einem unbeschreiblichen Bedürfnis, Adam wiederzusehen. Megan stand still im Türrahmen des Büros und betrachtete die Szenerie vor ihr. Es war ein seltsames, komisches Bild, das sich ihr bot. Adam saß an dem Schreibtisch ihres Vaters. Seine massigen Schultern und Arme wirkten für Megan grotesk im Verhältnis zu dem flachen Monitor, vor dem er konzentriert saß. Der Bildschirm war keineswegs klein, aber im Vergleich zu Adam schien alles in diesem Raum zu schrumpfen.

Das Büro lag im Halbdunkel; nur der Monitor spendete Licht. Sein kaltes Weiß zeichnete Adams Gesicht und nackten Oberkörper scharf ab und hob die Konturen seiner Muskeln hervor. Mit jedem Atemzug hob und senkte sich sein Brustkorb. Megan konnte den Blick kaum von ihm lösen. In dem matten Licht erkannte sie, dass Adam eine Hose trug. Doch es war nicht die rote Weihnachtsmannhose und ganz sicher kein Kleidungsstück ihres Vaters. Dafür reichte ein einziger Blick. Die beiden Männer unterschieden sich zu sehr: Eine Hose, die ihrem rundlichen Vater passte, hätte an Adams Hüften keinen Halt gefunden.

In dem Moment, in dem sich Megan fragte, woher er diese Hose hatte, fiel ihr Blick auf eine große Sporttasche, die neben dem Schreibtisch stand. Ihr Material wirkte neu, nicht schick, keine spezielle Marke war darauf zu erkennen. Nichts, was ihre Eltern je kaufen würden. Sie war robust und praktisch, denn »praktisch« war für ihre Mutter ein Fremdwort, wenn es um Accessoires ging. Megan hatte diese Sporttasche nie zuvor gesehen. Sie wirkte völlig deplatziert in dem sonst so makellos aufgeräumten und pompös eingerichteten Büro ihres Vaters.

Megan realisierte, was es mit dem großen rechteckigen Objekt auf sich hatte, das sie am Abend zuvor im Jutesack gesehen hatte, den Adam als Weihnachtsmann mitgebracht hatte. Ihre Augen wanderten zur Sporttasche.

Was ist da drin?

Ihr Blick glitt durch das Büro. Wie der Rest des Hauses war auch dieser Raum pompös eingerichtet. Schwere Holzmöbel, ein großer Schreibtisch aus dunklem Mahagoni und Bücherregale, die bis zur Decke reichten.

An den Wänden hingen Jagdtrophäen, die Megan schon immer ein Dorn im Auge gewesen waren. Geweihpaare und präparierte Tierköpfe, die ihr Großvater einst stolz ausgestellt hatte. Megan empfand nur Abscheu, wenn sie sie ansah. Diese armen, teils seltenen Tiere, deren Leben genommen worden waren und die für immer in grotesken Posen eingefroren wurden, nur um eine Art Macht oder Erfolg zu symbolisieren.

Megan liebte ihren Vater. Für sie und ihre Mutter war er der liebevollste Mensch, den sie kannten. Seine Liebe und Zuwendung hatten ihr Leben stets erhellt, und sie wusste, dass sie in ihm immer einen sicheren Hafen fand. Bis zum Ende seines Lebens würde sie sein kleines Mädchen bleiben. Doch so sehr sie ihn liebte, so gab es eine Seite an ihm, die sie nicht ausstehen konnte.

In seiner Rolle als Geschäftsmann wurde ihr Vater zu einer anderen Persönlichkeit. Als hätte er eine zweite Identität, die sich nicht mit dem Mann in Verbindung bringen ließ, der ihr so viel bedeutete.

Am meisten hasste sie, wie er sich verhielt, wenn Ralph Miles in der Nähe war. In seiner Gegenwart wurde ihr Vater laut, prahlerisch und überheblich, als wollte er ihm in nichts nachstehen. Megan verstand bis heute nicht, warum er das tat. Auf sie wirkte es, als wollte er eine Rolle spielen, um jemandem zu imponieren, der diesen Respekt gar nicht verdiente.

Das Büro ihres Vaters spiegelte genau dieses Verhalten wider. Der pompöse Raum wirkte wie eine Maske, ein Kostüm, das er sich übergestreift hatte, um dem Bild eines erfolgreichen Geschäftsmanns zu entsprechen. Schwere Möbel, Jagdtrophäen, diese aufgesetzte Aura von Männlichkeit und Prestige. Nichts davon entsprach dem liebevollen Mann, den sie kannte. Megan hatte den Raum nie gemocht. Er fühlte sich falsch an. Gestellt. Nicht wie ihr Vater.

Und jetzt stand sie hier, inmitten dieser inszenierten Welt, mit Adam. Für Megan gehörte er hierher, als würde er die Macht und Dominanz verkörpern, die dieser Raum ausstrahlen sollte.

Sie konnte nicht deuten, ob Adam ihre Anwesenheit bemerkt hatte. Seine Augen glitten konzentriert über den Bildschirm.

Die letzten Stunden hatte Megan krampfhaft versucht, Adam eine Frage zu stellen. Sie holte tief Luft, sammelte all ihren Mut und sprach etwas an, was sie sich bisher noch nicht getraut hatte – aus Angst vor der Antwort.

»Was passiert mit meinem Dad?«

Kapitel Achtundzwanzig

Adam hielt inne, hob den Kopf und sah sie an. Megan stand im Türrahmen, ihr Blick angespannt. Die Angst um ihren Vater in ihren Augen war für ihn deutlich zu erkennen, denn sein Gesichtsausdruck veränderte sich, wurde weicher.

»Einer der Täter, William, schien deinen Dad gemocht zu haben. Kurz bevor er für das bezahlen musste, was er meiner Mutter angetan hatte, beteuerte er, dein Dad hätte sich nicht an ihr vergangen. Merkwürdig, dass er ausgerechnet in seinen letzten Atemzügen deinen Dad in Schutz nahm. Vielleicht hatte er gehofft, ich würde ihn verschonen. Oder vielleicht glaubte er, dass man in den letzten Sekunden des Lebens nichts weiter mitnehmen kann als die Wahrheit – aus Angst vor dem, was danach kommt.«

Er hielt inne.

»William sagte, dein Dad sei zu betrunken gewesen. Er hätte weder geholfen, sie ins Hinterzimmer zu zerren, noch hätte er ihr ein Haar krümmen können. Denn als sie im Diner ankamen, sei er auf einer der Sitzbänke eingeschlafen. Sie hätten ihn deswegen ausgelacht und auch später noch damit aufgezogen. Dass dein Dad ihr nichts angetan hat, deckt sich mit dem, was meine Mutter ihrer Freundin erzählt hatte. Sie sprach nur von drei Vergewaltigern.«

Von Megans Herz löste sich ein riesiger Stein. Anstatt Tränen vor Angst vergoss sie Tränen der Erleichterung.

Mein Dad ist unschuldig!

»Wenn das stimmt, hat dein Dad nichts zu befürchten. Aber er wird mir Rede und Antwort stehen müssen. Er wird mir helfen, Ralph zu finden!«

Megan nickte leicht, doch ihre Stimme war zögerlich aus Angst, Adam in Rage zu bringen.

»Niemand weiß, wo er ist. Und wenn es nach mir ginge, will ich ihn auch nie wiedersehen!«

Ihre Worte wurden schneller.

»Seit dem Morgen im Poolhaus besuchte er uns nur noch selten und ich fand immer eine Möglichkeit, ihm aus dem Weg zu gehen. Und soweit ich weiß, scheint auch irgendetwas zwischen meinem Dad und Ralph vorgefallen zu sein. Sie unternahmen seit Monaten nichts mehr gemeinsam, sahen sich nur noch auf der Arbeit, zumindest glaube ich das.«

Sie zögerte kurz.

»Vor ein paar Wochen verschwand er plötzlich, zumindest hörte ich das aus einem Gespräch zwischen meinen Eltern heraus. Eine Riesenerleichterung für mich!«

Adams Blick fixierte Megan, als er ihr zuhörte. Er lehnte sich im Bürostuhl zurück.

»Ich hätte mir Ralph gerne direkt nach William und Mark vorgeknöpft. Aber dazu kam es leider nicht. Noch nicht! Denn wie du weißt, wurde ich vorher geschnappt.«

Adam verschränkte die Arme mit ernstem Blick vor seiner Brust.

»Weißt du, normalerweise erfahren Gefangene nichts darüber, wann sie von einem Gefängnis in ein anderes verlegt werden. Die meisten sitzen ahnungslos in ihrer Zelle, bis sie plötzlich aufstehen müssen und im Transporter landen.«

Megan sah ihn aufmerksam an, ihre Neugier war geweckt.

»Aber bei dir schien es wohl anders gewesen zu sein?«

Adam nickte langsam, seine Augen wurden dunkler.

»Ja, ich hatte Glück. Falls man das so nennen kann.« Ein bitteres Lächeln huschte über sein Gesicht.

»Einer der Beamten, die mich bewachten, hatte eine … ähm … Schwäche … und ich habe sie ausgenutzt. Ich habe ihn dabei erwischt, wie er einen jungen Gefangenen zwang, ihm einen Gefallen zu tun. Oral, wenn du verstehst, was ich meine. Als Gefangener hast du kaum Möglichkeiten, dich zu wehren, vor allem wenn du jung und schwach bist. Bei mir hätte sich keiner so was getraut! Der Junge hatte keine Chance und, naja, tat es … mehrmals.«

Adams Erzählungen schockierten Megan, und sie fühlte, ohne das Opfer zu kennen, mit ihm.

Adam realisierte ihre Reaktion.

»Das war mein Druckmittel. Ich habe ihm klargemacht, dass ich weiß, was er getan hat, und dass ich es allen erzählen würde, wenn er mir nicht half. Er hatte keine andere Wahl. Denn es kursierten unter den Wärtern bereits Gerüchte über ihn. Wenn ich diese mit dem Opfer zusammen bestätigt hätte, wäre das wohl das Ende seiner beruflichen Laufbahn gewesen. So erfuhr ich von meinem Transport früher, als ich eigentlich sollte. Also blieb genug Zeit für mich, um meine Flucht zu planen.«

»Und dann?«

»Der Typ hatte mir ein Wegwerfhandy reingeschmuggelt. Damit konnte ich einen alten Kumpel kontaktieren, der mir einen … oder sagen wir mal … ein paar Gefallen schuldig war.«

Adam sah kurz zu der großen Sporttasche neben dem Schreibtisch, bevor er weiter zu Megan sprach. »Mein Kumpel hat mir ein paar Sachen zusammengestellt. Kleidung, ein bisschen Geld, gefälschte Pässe, ein Wegwerfhandy … alles, was ich brauchte, um überhaupt eine Chance zu haben.«

Und eine Waffe!, ergänzte Megan in ihren Gedanken. Dieser Tatsache war sie sich sicher, wollte aber weder weiter darüber nachdenken noch es genauer von ihm erfahren.

»Er hat die Tasche in einer Mall für mich so versteckt, dass ich sie ohne Probleme finden konnte, ohne aufzufallen. Er kannte auch einen der Security-Männer der Mall. Ein paar Tipps, und schon war es nicht schwierig, dort nachts reinzukommen.«

Adams Gesicht zeigte einen Hauch von Genugtuung. »Die Sicherheitsmaßnahmen waren ein Witz. Ich konnte nicht nur essen, sondern auch recherchieren. Die Computer in einem kleinen Laden dort waren offen und ungeschützt. Es war fast zu leicht, die Informationen zu finden, die ich brauchte.«

Megan hörte ihm aufmerksam zu, ihr Blick blieb auf seinem Gesicht haften.

Adam lehnte sich leicht vor, seine Augen suchten Megans Blick.

»Sobald ich den Namen Ralph Miles in eine Suchmaschine eingab ...«

Adam stockte kurz, als sie ihren Kopf zur Seite drehte, den Blick abwendete.

»... tauchten jede Menge Suchergebnisse auf. Meistens Artikel aus Wirtschaftszeitungen. Logischerweise fand ich keine Adresse von ihm oder deinem Dad, aber etwas anderes stach hervor.«

Megan sah ihn wieder an, ihre Stirn leicht gerunzelt, während sie auf seine nächsten Worte wartete.

»Ich fand deutlich mehr über deinen Dad und wusste, dass er mich zu ihm führen würde. Ein Artikel aus einem Einrichtungsmagazin half mir sehr. Deine Mom und dein Dad wurden dort vorgestellt. Es ging um euer Haus.«

Megan blinzelte.

»Ja, daran kann ich mich erinnern. Meine Mom hat mir damals davon erzählt. Sie zeigte mir voller Begeisterung den Artikel. Sie war so stolz. Es gibt hier im Haus etliche Exemplare davon. Meine Mom bestand sogar darauf, eins in den Tresor zu legen.«

Adam nickte und ermutigte sie, weiterzusprechen.

»Es war ein riesiges Drama. Meine Familie bekam eine Anfrage von einer dieser renommierten Innenausstattungszeitschriften. Meine Mom war überwältigt, sie war wie aus dem Häuschen. Sie wollte unbedingt, dass unser Zuhause in der Zeitschrift erscheint.« Megan hielt inne, ihre Stimme senkte sich. »Aber mein Dad war dagegen. Er argumentierte, er wolle nicht, dass unser Privatleben öffentlich gezeigt wird. Dass jeder dann sehen könne, wo und wie wir leben. Dass wir in den Hamptons wohnen, war natürlich kein Geheimnis, aber wenn unser Haus abgelichtet würde, könnten wir zum Ziel von Einbrechern werden. Noch schlimmer, mein Dad hatte eigentlich die meiste Angst davor, dass ich entführt werden könnte.«

Adam runzelte die Stirn, doch er sagte nichts, während Megan weitersprach: »Meine Mom fand seine Haltung gegen den Artikel total lächerlich. Sie meinte, andere Menschen, vor allem die des öffentlichen Lebens, würden das schließlich auch machen. Und am Ende setzte sie sich gegen meinen Dad durch. Aber nur unter der Bedingung, dass keine Umgebungsfotos gemacht würden. Es gab nur ein Frontalfoto des Hauses von außen und natürlich die Innenaufnahmen. Das war der Kompromiss.«

Adam atmete tief durch.

»Der Artikel war sehr hilfreich. Ich habe die Bilder gesehen und mit einer Navigationsapp konnte ich euer Haus finden. Es ist wirklich erschreckend, wie einfach das geht.«

Megan lief ein leichter Schauer ihren Rücken herab. Die Vorstellung, dass etwas so harmlos Erscheinendes wie ein Magazinartikel nicht nur zur genauen Adresse führte, sondern einen Fremden bis vor ihre Haustür lenken konnte, ließ sie fassungslos zurück.

Punkt für Dad!

»In dem Artikel war auch ein Familienbild. Es zeigte euch an einem vierundzwanzigsten Dezember.«

Megan wusste genau, welches Foto er meinte. Sie sah es direkt vor ihrem inneren Auge. Perfekt ausgeleuchtet wirkte das Bild wie eine Szene aus einem klassischen Weihnachtsfilm. Es zeigte ihren Vater, der Megan als kleines Kind auf dem Arm trug, und ihre Mutter. Sie standen auf der imposanten Treppe ihres Hauses, gekleidet in grüne Flanellpyjamas mit roten Akzenten. Selbst Megan trug eine Mini-Version des Schlafanzugs ihrer Eltern, mit einer Schleife im feinen, weißblonden Haar. Daneben stand Santa, der so tat, als würde er ein Geschenk aus seinem großen Sack hervorholen. Megan wunderte sich, wie detailliert sie sich an das Bild erinnerte. Jede Einzelheit hatte sich in ihr Gedächtnis eingebrannt. Ein leises Lachen entfuhr ihr, als sie erkannte, warum ihr die Aufnahme so vertraut war.

»Das Bild ist unten zu sehen. Direkt im Eingangsbereich, auf einem kleinen Tisch neben der Treppe.«

Sie lief jeden Tag daran vorbei, ohne ihm Beachtung zu schenken.

Megan erinnerte sich, wie stolz ihre Mutter damals auf dieses Bild gewesen war. In dem Interview hatte sie erzählt, dass diese Tradition mit Megans Geburt begonnen hatte.

Die Familie zog jedes Jahr am Abend des vierundzwanzigsten Dezembers neue, perfekt aufeinander abgestimmte Pyjamas an und ließ sich auf der Treppe mit einem Weihnachtsmann ablichten.

Ihre Mutter hatte in dem Artikel davon geträumt, eines Tages ein Album zu besitzen, das ausschließlich aus diesen Bildern bestand.

»Irgendwann wird auch dein zukünftiger Ehemann auf einer dieser Aufnahmen zu sehen sein«, hatte Patricia einmal mit einem Lächeln zu Megan gesagt. Sie ließ es sich nicht nehmen, beiläufig hinzuzufügen, wie sehr sie sich darüber freuen würde, auf diesen Fotos später auch viele fröhliche Enkelkinder zu entdecken. Am liebsten mindestens vier.

»Ziemlich riskant von dir, zu hoffen, dass diese Tradition nach all den Jahren noch existiert.«

Megan sah ihn erwartungsvoll an.

»Ich fand einen weiteren Artikel, der vor einem Jahr erschien. Dein Dad wurde in einem Lifestyle-Magazin interviewt. Auf die Frage hin, wie er Weihnachten verbringen würde, erzählte er von der Tradition.«

Megan nickte und lächelte.

»Ich verstehe.«

Adam sah sie schmunzelnd an.

»Dann kannst du dir ja auch denken, warum ich ein Weihnachtsmannkostüm in der Mall mitgehen ließ.«

Ein Hauch von Ironie schwang in seiner Stimme mit.

»Gerne hätte ich etwas Schickeres gefunden, das eures Anwesens würdiger ist …«

Er hielt inne, und ein spitzbübisches Lächeln breitete sich auf seinem Gesicht aus.

»Aber der Dollar-Shop in der Mall hatte nur dieses.«

Megan konnte nicht anders, als aufzulachen. Sein Witz wirkte für sie zwar fehl am Platz, doch gleichzeitig lockerte er die Unterhaltung auf.

Adam sprach weiter mit verschränkten Armen vor seiner Brust und lehnte sich im Bürostuhl zurück. »Ich plante ja ursprünglich, auch deinen Dad hier anzutreffen. Aber mir war klar, dass er einen Fremden nicht einfach so ins Haus gelassen hätte. Nicht am Abend des vierundzwanzigsten Dezember. Nicht in der Dunkelheit. Also habe ich mich draußen auf die Lauer gelegt, um den eigentlich gebuchten Weihnachtsmann abzufangen.«

Megan hob eine Augenbraue und starrte ihn an.

»Ja. Ich dachte, das wäre meine beste Chance, ins Haus zu kommen. Aber dann …«

Er zögerte kurz und schaute Megan direkt in die Augen.

»… sah ich dich durch das Fenster. Du hast telefoniert und nachdem du den Anruf beendet hattest, hast du irgendwie traurig ausgesehen. In diesem Moment wusste ich, dass dieser Vorweihnachtsabend anders ablaufen würde, als sonst.«

Megan runzelte die Stirn.

»Du hast mich beobachtet?«

Sie sah ihm direkt in die Augen.

Adam wich ihrem Blick nicht aus.

»Ja, das habe ich«, gestand er offen. »Der gebuchte Weihnachtsmann kam nicht. Also war es für mich einfacher als gedacht.«

Kapitel Neunundzwanzig

Adam sah wieder auf den Bildschirm. Megan näherte sich langsam dem Schreibtisch und schritt um diesen herum, bis sie hinter ihm stand. Ihr seidener Bademantel stand locker offen, und obwohl sie darunter nichts trug, verspürte sie eine ungewohnte Freiheit. Es gab keinen Grund, den Bademantel zu schließen. Ihr Blick lag auf Adam, der immer noch angespannt auf den Bildschirm starrte.

Sie wünschte sich, er würde zu ihr sehen, ihren Körper betrachten, zu ihr kommen, sie packen und ihre Leidenschaft erneut zum Glühen bringen. Sie erinnerte sich daran, wie er ihren Schoß liebkost hatte. Zu gerne würde sie sich revanchieren und ihren Kopf tief zwischen seinen Beinen vergraben und Zentimeter für Zentimeter das umsetzen, von dem sie unter der Dusche fantasiert hatte.

Adams Augen suchten konzentriert den Bildschirm ab.

»Ich werde schauen, ob ich Hinweise finde über … ihn.«

Seine Stimme wurde am Ende fast zu einem Murmeln.

Megan legte ihre Hände sanft auf seine Schultern. Merklich entspannten sich seine Muskeln unter ihrer Berührung.

Ich weiß nicht warum, aber ich mag ihn. Ich weiß, ich sollte Angst vor ihm haben. Er ist gefährlich! Aber warum schlägt mein Herz schneller, wenn er mich ansieht?, verlor sie sich in Gedanken, während sie Adams warme Haut unter ihren Fingern wahrnahm.

Sie mochte die Art, wie er sie ansah, wie er sprach, wie er sich in ihrer Gegenwart in den letzten Stunden verändert hatte. Dennoch überkam Megan plötzlich eine Unsicherheit.

Was denkt er über mich? Bin ich für ihn nur ein Spiel? Nur ein Mittel zum Zweck? Eine Affäre? Ein flüchtiger Moment nach all den Jahren der Haft?

Ruckartig ließen ihre Hände Adams Schultern los. Irritiert durch ihre Gedanken, zog Megan hektisch ihren Bademantel enger um ihren Körper und verschloss ihn mit einer Schleife.

Adam bemerkte ihre Reaktion und drehte sich langsam mit dem Bürostuhl zu ihr um, ein schelmisches Lächeln auf den Lippen. Er schüttelte energisch und tadelnd den Kopf, während er ihren Blick hielt.

»Dann pack ich mal mein Weihnachtsgeschenk aus!«

Er löste die eben erst gebundene Schleife mit einer geschickten Bewegung. Ohne Hast, aber mit einer Selbstverständlichkeit, die Megan den Atem stocken ließ.

Weihnachten … stimmt, rief sich Megan ins Gedächtnis und verwarf diesen Gedanken vor Erregung genauso schnell, wie er kam.

Ohne ein Wort zu sagen, griff er nach ihr und zog sie sanft auf seinen Schoß. Der Bademantel, den sie trug, glitt auf, als sie sich niederließ. Mit einer entschlossenen Bewegung schob er eine Hand unter den Stoff. Seine warmen Finger fanden ihre Brüste und kneteten sie, während ein leises Keuchen ihren Lippen entwich. Megan spürte deutlich seine Erregung, die sich pulsierend gegen ihre Mitte drückte, dazwischen nur der dünne Stoff der Jogginghose. Ihr Atem beschleunigte sich. Adam hielt sie fest, bewegte sich mit einer Mischung aus Geduld und Dringlichkeit. Mit einer Hand schob er seine Hose hinunter, ohne den Kontakt zu ihr zu verlieren.

Megan stand auf, ihr Po berührte den Schreibtisch. Nur ein paar Zentimeter zwischen den beiden.

Adam richtete sich ebenfalls auf, der Bürostuhl rutschte zurück. Megan legte ihre Hände auf seine Brust und schob ihn langsam rückwärts, ihr Blick fest auf seine Augen gerichtet. Ein amüsiertes, herausforderndes Funkeln blitzte darin auf. Adam ließ zu, dass Megan die Kontrolle übernahm. Schritt für Schritt wich er zurück, bis die Rückseite seiner Beine gegen den Bürostuhl stieß.

»Setz dich!«, hauchte sie voller Entschlossenheit.

Ein kehliges Lachen vibrierte in seiner Brust, rau und dunkel.

»Wie der Captain befiehlt!«

Er ließ sich langsam in den Stuhl sinken. Seine Muskeln spannten sich an. Seine Augen hafteten an ihr, erwartungsvoll und gespannt.

Megan kniete sich vor ihn, ihr Blick glitt an seinem Körper hinab, während ihre Fingerspitzen seine Oberschenkel streiften. Sie spürte die Spannung in ihm, das leise Beben seiner Muskeln unter ihrer Berührung. Dann glitten ihre Finger zwischen seine Schenkel, suchten und fanden, was bereits hart und drängend auf Megan wartete. Ihre Hand schaffte es kaum, den Schaft seiner pulsierenden Erektion zu umfassen, so prall spannte sich sein Verlangen gegen ihre Handfläche. Ein rauer

Atemzug entfuhr ihm, als sie sich langsam vorbeugte. Ihre Zunge glitt über jede einzelne Vene, fuhr entlang der Linien, die sich hart unter der Haut abzeichneten. Mit zarten Bewegungen ließ sie ihre Lippen um seine Männlichkeit spielen, streifte ihn sanft und neckend mit den Zähnen. Sie knabberte behutsam, reizte ihn mit genau dem Maß an Druck, das sein Becken zucken ließ. Dort, wo Schaft und Eichel aufeinandertrafen, verweilte sie; ihre Zunge umspielte diese empfindliche Stelle, forschte, kostete, reizte. Jede Regung, jedes Zittern, jede angespannte Muskelfaser unter ihr fühlte sich wie ein stummes Bekenntnis seines Verlangens an.

Es war so weit, ihre Fantasie würde wahr werden. Sie öffnete ihren Mund und nahm ihn Stück für Stück auf. Seine Finger gruben sich in ihre Haare, hielten sie fest, aber nicht grob. Sie saugte leidenschaftlich an ihm, feucht und schmatzend. Immer wieder würgte sie durch seine enorme Härte, beim Versuch, diese komplett aufzunehmen. Seine Männlichkeit zuckte in ihrem Mund, und sie schmeckte den salzigen Vorboten seiner Lust auf ihrer Zunge.

»Megan …«, stöhnte Adam heiser, fast schon warnend. Doch sie ignorierte ihn und ließ sich nicht beirren. Sie wollte ihn an den Rand der Verzweiflung treiben. Aber er war nicht der Typ, der sich so leicht dominieren ließ. Er packte sie, zog sie nach oben und setzte sie mit einem einzigen, mühelosen Ruck auf den Schreibtisch. Seine Lippen fanden ihre, fordernd, besitzergreifend, während seine Hände über ihre Oberschenkel glitten und sie auseinanderdrückten. Ihre Haut prickelte unter seiner Berührung.

Augenblicklich erfüllte Adam sie komplett mit einem Stoß, nicht so zögerlich wie Stunden zuvor. Mit seinen Händen umschloss er ihre Taille, seine Finger fest und fordernd auf ihrer Haut. Der Stoff ihres Bademantels rutschte langsam über ihre Schultern, sammelte sich in ihren Armbeugen, die ihn daran hinderten, auf den Schreibtisch zu gleiten. Doch ihre Gedanken waren längst nicht mehr bei dem Kleidungsstück.

Seine Bewegungen waren schnell, kontrolliert und doch von einer rohen Intensität. Hart und kompromisslos. Jeder Stoß schien sie tiefer in den Strudel der Lust zu ziehen. Jeder Moment brachte sie näher an den Punkt, an dem ihre Gedanken verschwanden und nur noch das pure Gefühl blieb.

Sie krallte ihre Finger in seine Schultern, suchte nach Halt, während ihre Atmung unkontrolliert und keuchend wurde. Sie war überwältigt von der Intensität, von der Hitze, die sich in ihrem Körper ausbreitete, und dem unaufhaltsamen Rhythmus, der sie beide erfasste. Es fühlte sich an, als würde sie verrückt vor Lust, unfähig, klar zu denken, unfähig, sich gegen das zu wehren, was zwischen ihnen geschah. Er hielt sie fest, kontrollierte jede ihrer Bewegungen, und sie gab sich ihm hin, vollkommen und ohne Vorbehalt.

Die Welt um sie herum verschwand, und alles, was blieb, war dieses Gefühl, das Megan und Adam verschlang. Als die beiden den Höhepunkt erreicht hatten, ließ er sie langsam zur Ruhe kommen.

Er nahm Megan hoch, krallte seine großen Hände in ihre Pobacken und küsste sie, während er sich mit ihr auf seinen Armen auf den Stuhl setzte. Seine Lippen fanden ihren Nacken, hinterließen zarte Küsse, die ihr eine Gänsehaut bescherten. Sein heißer Atem ließ ihr Blut schneller pulsieren.

Sie warf ihren Kopf zur Seite und ihr Blick fiel auf den Bildschirm. Ein Detail, das sie zunächst nicht deuten konnte, aber sofort ihre Aufmerksamkeit fesselte.

»Adam … schau!«

Megans Stimme zitterte, während sie auf den Monitor deutete. Sein Blick folgte dem ihren. Doch noch bevor seine Augen den Bildschirm erfassten, zog er sich ruckartig aus ihr zurück. Sein immer noch von der Lust pulsierendes Glied hinterließ eine warme, klebrige Spur, die sich wie ein Beweis ihrer Verbindung anfühlte.

Sie sah den Papierkorb des geöffneten Mailaccounts ihres Vaters auf dem großen Bildschirm. Megan entdeckte viele dorthin verschobene und noch nicht vollständig gelöschte Mails. Sie kannte die Mailadresse ihres Vaters, aber dieser Account war ein ihr unbekannter. Auffällig fand Megan, dass in jedem Betreff der gelisteten Nachrichten Zahlenkombinationen standen. Doch eine Mail erweckte ihre Aufmerksamkeit. Sie war von einem Absender namens »Phil Mearls« verschickt worden, und in der Betreffzeile stand nur ein Ausrufezeichen.

Der Name kam ihr merkwürdig bekannt vor, doch sie konnte ihn nicht sofort einordnen. Megan runzelte die Stirn, während sie versuchte, auf ihre Erinnerungen zuzugreifen.

»Was ist?«

Verwundert ließ Adam von ihren Brüsten ab. Sie ignorierte seine Frage und schlagartig war die Antwort klar vor ihren Augen.

Megans Vater hatte ihr vor langer Zeit Geschichten aus seiner Jugend erzählt. Anekdoten über die Streiche, die er und Ralph mit ihrer damaligen Clique während der Junior-High-Zeit anderen gespielt hatten.

Dabei hatten sich die Jungs stets mit Decknamen angesprochen. Megan hatte seine Erzählungen als Kind aufregend gefunden, fast wie kleine Abenteuer.

Rückblickend betrachtet waren es nur harmlose Späßchen. »Jareth Conor« war der Deckname ihres Vaters. Er hatte ihr damals erklärt, dass es ein Anagramm seines Vor- und Nachnamens sei.

»Phil Mearls ist … Ralph Miles!«, platzte es aus Megan heraus.

Kapitel Dreißig

Adam schob Megan behutsam von seinem Schoß und legte beide Unterarme auf dem Schreibtisch ab. Seine rechte Hand griff hastig nach der Maus und klickte auf die Mail, die Anfang Dezember empfangen und gelesen worden war. Seine Muskulatur spannte sich sichtbar an und sein Kiefer mahlte. Megan zog den Bademantel über ihre Schultern und band ihn mit zitternden Fingern zu. Sie beobachtete, wie Adam sich wieder dem Bildschirm zuwandte und die Mail öffnete.

Megan spürte, wie die Luft im Raum plötzlich schwer wurde. Ralph hatte diesen Decknamen benutzt, um mit ihrem Vater in Kontakt zu treten. Sie verstand sofort, dass es sich hier um keinen Zufall handelte. Dass er ganz bewusst ein Pseudonym nutzte. Ralph wollte sicherstellen, dass Megans Vater wusste, wer hinter der Nachricht steckte.

Die geöffnete Mail schien für sie auf den ersten Blick keinen Sinn zu ergeben. Anstelle eines lesbaren Textes enthielt sie nur eine schier nicht enden wollende Folge von Zahlen. Megan konnte nichts damit anfangen.

»Das ist ein Code. Jede Zahl steht für einen Buchstaben im Alphabet. Eins steht für A, zwei steht für B und so weiter«, platzte es aus Adam heraus. Er griff nach einem Block, der auf dem Schreibtisch lag, und einem Bleistift.

Mit routinierter Hand schrieb er das Alphabet in einer sauberen Reihe auf und nummerierte jeden Buchstaben von eins bis sechsundzwanzig.

Er decodierte sofort die ersten Zahlen.

»Zehn, fünfzehn, acht, vierzehn … das ergibt … J-O-H-N. Nicht gerade die einfallsreichste Methode, etwas zu verschlüsseln«, kommentierte Adam mit einem spöttischen Ton. »Aber wenn man in Eile ist, greift man wohl auf das Naheliegendste zurück. Gut für mich.«

Megan beobachtete ihn, wie er sich mit konzentrierter Miene über die verschlüsselte Nachricht beugte.

Während Adam konzentriert das Geheimnis hinter dem Zahlencode aufdeckte, konnte Megan nicht länger stillstehen. Die Anspannung, die sich in ihr aufbaute, machte sie rastlos. Sie schritt im Raum auf und ab, ihre nackten Füße erzeugten kaum ein Geräusch. Ihre Finger spielten nervös mit einer Haarsträhne, die ihr ins Gesicht fiel.

Was ist hier los?

Die Ereignisse seit gestern Abend legten sich wie ein bleierner Schleier über ihren Verstand: Ein Mann, den sie kaum kannte, hatte sie und ihre Familie ausspioniert, sich als falscher Weihnachtsmann Zugang zu ihrem Haus verschafft, Todesangst in ihr ausgelöst, sie gefesselt, nach einem Fluchtversuch wieder eingefangen, mit ihr geschlafen. Und nun saß er seelenruhig im Büro ihres Vaters, während er eine verschlüsselte Mail decodierte und sie danebenstand, unfähig, auch nur einen klaren Gedanken zu fassen. Adam hob den Kopf und sah sie an.

»Ich hab's«, triumphierte er. Sein Blick war dunkel. Ein Blick, der Megan nur allzu vertraut war. Doch in den letzten Stunden hatte sie diese Seite an Adam immer weniger gesehen, und genau das machte diesen Moment umso eindringlicher.

Sie hörte den Bleistift in seiner Hand zerbrechen. Megan kam zum Schreibtisch zurück. Ihr Herz schlug schneller. Adam nahm das oberste Blatt des Blocks, auf dem er die Mail entschlüsselt hatte, riss es ab und reichte ihr wortlos den Zettel. Er sah sie nicht an. Einen Moment zögerte sie, dann nahm sie das Papier in ihre

Hände und senkte den Blick darauf. Sie zitterte, während sie die Worte las, die Adam für sie entschlüsselt hatte. Jede Zeile war wie ein Schlag in die Magengrube, und sie konnte nicht glauben, was sie da vor sich sah.

»Das kann nicht sein!«

John,

ich brauche dringend deine Hilfe. Ich habe mich ein paar Wochen nicht gemeldet, weil ich ein riesiges Problem habe.

Mitte November gab es eine Lieferung nach Las Vegas. Frische Ware, gerade reif genug. Ich wollte die Qualität selbst prüfen. Ich war nicht in der besten Verfassung, und es lief aus dem Ruder, als eine der Waren nicht kooperieren wollte. Ich musste das Vorhaben schützen. Es war ein Unfall.

Die anderen konnten wir wie ursprünglich geplant abtransportieren, aber die Spuren sind vermutlich noch da. Ich bin sofort verschwunden. Es war zu riskant, in den Staaten zu bleiben.

Ich bin jetzt in Minsk, Belarus. Du musst hierherkommen. Wir müssen das regeln. Hier ist es sicher, sie liefern keine Amerikaner aus. Sag deiner Frau, dass du geschäftlich dorthin musst. Ich habe uns beide für einen Kongress angemeldet. Du könntest es mit einer kleinen Familienreise kombinieren. Wir brauchen Zeit, du musst bis Ende des Jahres hierbleiben. Ich erkläre dir alles, sobald du angekommen bist. Ich werde dich hier ein paar Tage brauchen.

Wir treffen uns am 15. Dezember um 13 Uhr im »Elysian Palace Minsk«, Raum 307. Von dort aus planen wir, wie es weitergeht.

Sag niemandem ein Wort. Du steckst da auch mit drin!

Ich schütze dein Geheimnis, du meines!

Ich zähle auf dich.

Kapitel Einunddreißig

»Das kann nicht sein …«

Megan schrie die Worte laut und panisch aus. Ihre Beine gaben nach, und sie musste sich an der Schreibtischkante festhalten, um nicht das Gleichgewicht zu verlieren. Ihre Gedanken rasten, Bilder und Worte schossen unkontrolliert durch ihren Kopf.

Erzähl besser niemandem von unserer kleinen Spielerei. Du wirst bestimmt nicht wollen, dass ich das ein oder andere Geheimnis über deinen Vater verrate, hallten Ralphs Worte in ihrer Erinnerung wider.

Sie erinnerte sich an den letzten Videoanruf ihres Vaters vom Flughafen in Minsk, an seinen beruhigenden Tonfall. Sie hatte die vertrauten Hintergrundgeräusche gehört – die Durchsagen von Flügen, das Gemurmel der Menschen – und sie hatte seiner Geschichte geglaubt. Es sei nur ein technisches Problem, weswegen sie nicht zurückfliegen konnten. Er hatte sie belogen. Eine glatt durchdachte Täuschung.

Ein technisches Problem, wiederholte Megan innerlich.

Hat Dad etwa Mom auch getäuscht? Weiß sie Bescheid? Steckt sie da mit drin?

»Er hat mich angelogen.«

Ihre Stimme war kaum mehr als ein heiseres Flüstern. Tränen brannten in ihren Augen, aber sie wehrte sich dagegen, sie freizulassen. Sie wollte nicht weinen, nicht jetzt. Stattdessen klammerte sie sich an den Rand des Schreibtisches.

Die Vorstellung, dass ihr Vater und Ralph Miles zusammen in Minsk waren, um etwas so Abscheuliches zu vertuschen, bohrte sich wie ein Dolch in ihre Brust.

Dad, was machst du dort? Und vor allem mit Ralph?

Immer mehr Fragen drängten sich unaufhaltsam in den Vordergrund: *Oh, Dad, wo bist du da hineingeraten? Was hat Ralph gegen dich in der Hand?*

Sie musste die Kontrolle behalten, musste einen klaren Kopf bewahren.

Es ist alles bestimmt nur ein Missverständnis, versuchte Megan, sich krampfhaft einzureden.

Dad ist kein Monster! Er kann mir das alles erklären!

Adam beobachtete sie still, seine Arme vor der Brust verschränkt. Er sagte nichts, doch sein Blick sprach

Bände: rasende Wut. Ihre Finger zitterten, als sie das Blatt in der Hand hielt, auf dem Adam die Mail entziffert hatte. Die verschlüsselten Zahlen, die sie noch vor wenigen Minuten vor ein unlösbares Rätsel gestellt hatten, hatten eine unheilvolle Botschaft offenbart.

Adam beobachtete Megan weiter. Ruckartig stand er vom Stuhl auf und stampfte durch den Raum. Jeder seiner Schritte war schwer, fast schon bedrohlich. Seine Muskeln spannten sich an, und Megan konnte sehen, wie sich seine Fäuste ballten. Seine Kiefermuskeln mahlten, als versuchte er, die Wut, die ihn zu übermannen drohte, herunterzuschlucken. Seine Augen waren ein brodelndes Feuer aus Zorn und Abscheu.

Abrupt blieb er stehen, drehte sich um und trat mit voller Wucht gegen einen Schrank.

Megan zuckte erschrocken zusammen und wich unwillkürlich einen Schritt zurück. Ihre Hände klammerten sich noch immer an die entschlüsselte Nachricht. Ihre Arme sanken kraftlos nach unten und das Blatt Papier glitt aus ihren Fingern. Lautlos segelte es zu Boden, drehte sich im Fall einmal um sich selbst und blieb neben ihren nackten Füßen liegen.

Sie starrte hinab auf das Papier, unfähig, sich zu bewegen, als würde das Gewicht der Worte darauf sie festhalten. Für Megan schien der Moment endlos, als hätte die Welt für einen Augenblick aufgehört, sich zu drehen. Erneut, wie so oft in den vergangenen Stunden. Adam bemerkte ihre Reaktion. Sein Blick, der eben noch vor Wut geblitzt hatte, wurde weicher. Er hob die Hände, als wollte er zeigen, dass er keine Gefahr für sie darstellte.

»Es tut mir leid, Megan«, sagte er mit tiefer Stimme und einem unerwarteten Mitgefühl darin. »Ich wollte das nicht.«

Megan konnte nicht antworten. Ihr Kopf glich einem einzigen Chaos aus Bildern, Gedanken und Gefühlen. Die entschlüsselte Nachricht war eindeutig: Ralph Miles war in Menschenhandel verwickelt. Es war ein schrecklicher, unmissverständlicher, schlecht getarnter Fakt.

Adam machte einen weiteren Schritt, bevor er abrupt stehen blieb und sich zu ihr umdrehte.

»Das widert mich an.«

Seine Stimme bebte. Seine Hände öffneten sich für einen Moment, nur um sich wieder zu Fäusten zu ballen. Er drehte sich um und schritt erneut wütend im Raum auf und ab.

Megans Blick war auf den Boden gerichtet, doch die Tränen, die ihr in die Augen schossen, ließen die Welt vor ihr verschwimmen. Sie versuchte, zu begreifen, was das alles zu bedeuten hatte: für ihren Vater, ihre Mutter und sie selbst. Doch ein Gefühl der Hilflosigkeit breitete sich in ihr aus.

»Und mein Dad? Steckt er mit drin?«

Megans Stimme wurde brüchiger.

»Adam! Sag mir, steckt er mit drin?«

Er blieb stehen. Sein Blick wanderte zu ihr, und für einen Moment war der Zorn in seinen Augen verschwunden und wich von einer Sekunde auf die andere purem Mitgefühl.

In diesem Moment realisierte Megan: *Ich bedeute ihm etwas. Diese Gefühle sind keine Einbahnstraße.*

»Das muss ich herausfinden.«

Seine Stimme klang sanft und dennoch bestimmt.

»Aber eines sage ich dir, Megan: Wenn er sich doch an meiner Mutter vergangen und William gelogen hat, oder wenn er es gebilligt hat oder er in dieser Las-Vegas-Sache mit drinsteckt, dann … und glaub mir, ich kenne Methoden, von denen du nichts wissen willst, da bleibt ihm nichts anderes übrig, als die Wahrheit zu sagen …« Er sprach den Satz nicht zu Ende, aber seine Augen taten es.

Megan schluckte schwer. Die Welt, wie sie sie kannte, war in Stücke zerfallen. Und das Schlimmste war, dass sie keine Ahnung hatte, wie sie die Bruchstücke jemals wieder zusammenfügen sollte.

Unfähig, etwas zu denken, glitt sie langsam an der Wand zu Boden. Dort saß sie, wie ein verängstigtes Kind. Sie weinte so heftig, dass sie nicht in der Lage war, klare Gedanken zu fassen oder wahrzunehmen, was um sie herum geschah.

Adam sprach Worte, die sie nicht verstand. Sie hatte das Gefühl, wahnsinnig zu werden, es war alles zu viel. Seine Stimme klang gedämpft und weit entfernt, als würde sie durch dichten Nebel dringen. Sie spürte, wie seine Hand sie sanft am Kopf berührte, doch die tröstende Geste kam nicht bei ihr an. Alles war wie erstickt von ihrem Schmerz und ihrer Angst.

So saß sie am Boden, mit dem Rücken buchstäblich zur Wand. Die Beine angewinkelt, die Arme fest um die Knie geschlungen, als könnte diese Haltung ihren zerbrechlichen Geist zusammenhalten. Ihre Stirn ruhte auf den Knien, das Haar fiel wie ein schützender Vorhang über die Beine. In sich gekehrt, gefangen in einer Blase aus purer Verzweiflung.

So saß sie dort, kaum fähig, sich zu rühren. Für Megan schien die Zeit ihren Griff auf sie verloren zu haben, und die Welt um sie herum existierte nur noch als dumpfes Hintergrundrauschen.

Kapitel Zweiunddreißig

Einige Stunden später öffnete Megan benommen die Augen, als es draußen bereits dämmerte. Ein Lichtkegel fiel durch das große Fenster des Büros und tauchte alles in warmes, goldenes Licht.

Das Chaos in ihrem Kopf war zwar noch da, dennoch konnte sie wieder einige klare Gedanken fassen, wenn auch nur schwer. Langsam, fast mechanisch, stemmte sie sich nach oben, ihre Beine zitterten. Doch sie stand.

»Adam?«

Fragend sah sie ich im Raum um. Ihre Augen suchten jeden Winkel des Büros ab, doch er war nirgends zu finden.

Ihr Blick fiel auf den Schreibtisch, auf den Platz, an dem Adam vor Stunden gesessen hatte. Der Ort, an dem er sie leidenschaftlich genommen hatte. Die

Sporttasche, die zuvor noch neben dem Schreibtisch gestanden hatte, war verschwunden.

Dann sah sie es: Ein Zettel lag mitten auf dem Schreibtisch, so platziert, dass sie ihn direkt sah. Daneben lag etwas. Ihr Herz schlug schneller. Zögernd trat sie näher. Sie fürchtete, welche Botschaft sie dort vorfinden würde. Die Sonnenstrahlen, die durch das große Fenster strömten, wärmten ihren Rücken, doch sie spürte Kälte in sich. Sie zog den Bademantel so fest sie konnte um sich. Die Tränen, die sie vor Stunden vergossen hatte, begannen wieder zu fließen. Sie ahnte, was auf dem Zettel stehen würde. Es war ein Abschiedsbrief, da war sie sich sicher. Das Wissen traf sie wie ein Schlag, bevor sie die Worte lesen konnte.

Langsam setzte sie sich auf den schweren Schreibtischstuhl, ihre Beine zitterten vor Anspannung. Sie legte die Hände auf die kühle Holzoberfläche, um sich festzuhalten, und strich sacht darüber, als schinde sie Zeit. Ehe sie es wagte, ihre Augen auf den Zettel zu richten, hörte sie das leise Plätschern ihrer Tränen, die auf das Papier tropften. Megan betrachtete den Zettel. Er wurde säuberlich von dem Block abgerissen, der daneben lag. Adams Handschrift war klar und schnörkellos, strahlte Bestimmtheit aus. Einige Worte waren schwer zu entziffern, da ihre Tränen Spuren auf dem Papier hinterlassen hatten. Megan strich mit den Fingerspitzen darüber – nicht, um zu lesen, sondern um zu begreifen.

Megan,

ich wünschte, ich könnte dir alles erklären, aber die Zeit lässt es nicht zu. Ich muss gehen. Nicht, weil ich will, sondern weil die Umstände mich dazu zwingen.

Ich weiß nicht wann, aber ich werde mich bei dir melden. Ja, es wäre wohl besser, dich nie wiederzusehen, doch ich bin nicht stark genug, das durchzuhalten.

Neben diesem Brief habe ich dir ein Wegwerfhandy hinterlassen. Ich werde dich anrufen. Darauf musst du vertrauen!

Ich weiß nicht, wie eine gemeinsame Zukunft für uns aussehen könnte. Ich bin auf der Flucht und werde es vermutlich für den Rest meines Lebens bleiben. Egal, wie falsch es sein mag: Ich muss dich wiedersehen. Ich will dich, Megan.

Du bist stark! Stärker, als du selbst glaubst!

Ich werde jetzt gehen, aber das bedeutet nicht, dass ich dich verlasse.

Adam

Kapitel Dreiunddreißig

Die Worte auf dem Papier schnürten Megan die Kehle zu. Sie betrachtete das Wegwerfhandy, das ordentlich auf dem Schreibtisch lag. Ein Klapphandy, ein Relikt der Vergangenheit, das so unscheinbar war, dass man es leicht übersehen konnte. Das matte Schwarz des Gehäuses wirkte schlicht, und doch ging in diesem Moment eine Bedeutung von ihm aus. Ihre einzige Verbindung zu Adam. Ihr wertvollster Besitz. Das Sonnenlicht spiegelte sich flackernd auf dem kleinen Display, als wolle es ihre Aufmerksamkeit auf sich ziehen. Megan griff nach dem Gerät, schloss die Finger darum, als ließe sich darüber eine Verbindung zu Adam herstellen.

Eine Entschlossenheit überkam sie, als wäre mit einem Mal ein Schalter in ihrem Inneren umgelegt worden. Sie strich sich mit beiden Händen über das Gesicht und wischte die salzigen Spuren ihrer Tränen fort. Ihre Augen verengten sich, und neue Energie durchflutete ihren Körper.

Die Tränen waren vorbei, der Schmerz hatte sich zu etwas anderem gewandelt: zu einem Feuer, das tief in ihr loderte. Sie wusste jetzt, dass sie nicht länger nur ein Opfer war. Sie hatte eine Aufgabe. Sie hatte eine Mission.

Mit festen Schritten und dem Telefon in der Hand ging sie zur Tür des Büros. Als Megan im Türrahmen ankam, drehte sie sich noch einmal um.

Der Lichtkegel des Bürofensters erfasste sie und gab ihr Energie. Einen Moment lang stand sie einfach nur da, mit geschlossenen Augen, die Wärme des Lichtes auf ihrer Haut spürend. Ihr Herz schlug gleichmäßig, doch in ihrem Inneren brodelte es, als sie das Büro verließ.

Megan war bereit, ihren Vater anzuhören, egal welche Gräben zwischen ihnen lagen. Sie glaubte nicht an seine Mitschuld.

Sie wusste genau, wohin Adam gehen würde. Zu dem Mann, der nicht nur seine Welt zerstörte, sondern auch ihre.

Die Erkenntnis brannte sich wie ein Feuer in ihren Verstand. Sie konnte nicht einfach abwarten. Ihre Gedanken waren so klar wie nie zuvor, und sie spürte, wie eine Welle unerschütterlicher Entschlossenheit sie durchströmte. Die Jahre des Schweigens, der Angst und der unerträglichen Scham: All das ließ sie jetzt zurück. Die Ketten ihres inneren Gefängnisses waren gesprengt, und Megan stand frei vor der Welt.

Sie hatte Angst, ja, aber sie würde sich dieser neuen Realität stellen. Für sich. Für ihre Eltern. Für ihn. Adam, der Mann, der wie ein Sturm in ihr Leben gekommen war und ihre Welt aus den Angeln gehoben hatte.

Sie wusste, dass ihre Entscheidung, ihm zu folgen, alles verändern würde. Sogar sie selbst. Doch der Gedanke, nicht bei Adam sein zu können, war für sie unerträglicher als jede Gefahr, die auf ihrem Weg lauerte.

Megan war bereit, alles zu riskieren. Ihre Vergangenheit, ihre Sicherheit, sogar ihre Zukunft.

Sie hatte ihre Wahl getroffen, und es gab keinen Weg zurück.

Fortsetzung folgt …

Danksagung

Ein Buch zu schreiben ist eine Reise – voller Höhen und Tiefen, Zweifel und Euphorie. Doch keine Reise geht man ganz allein.

Mein Dank gilt in erster Linie euch, den Leser:innen. Ohne euch wäre diese Geschichte nur Worte auf Papier. Ihr gebt den Charakteren Leben, fühlt mit ihnen mit und lasst euch auf ihre Welt ein. Danke, dass ihr Megan und Adam eine Chance gegeben habt.

Ein besonderes Dankeschön geht an meinen Mann Christian. Seit fünfzehn Jahren stehst du an meiner Seite, stärkst mir den Rücken und hilfst mir, all meine Träume zu verwirklichen. Ohne dich wäre vieles nicht möglich – und nur halb so schön. Danke, dass du immer an mich glaubst, selbst wenn ich es mal nicht tue.

Danke, Annika, dass du immer ein offenes Ohr für mich hast – selbst dann, wenn ich wochenlang über nichts anderes als dieses Buch gesprochen habe.

Auch an diejenigen, die mich inspiriert haben – durch Gespräche, Geschichten oder einfach durch ihre Art, die Welt zu sehen – ein herzliches Dankeschön. Jede Begegnung hinterlässt Spuren, und viele davon haben ihren Weg in dieses Buch gefunden.

Ein riesiges Dankeschön geht an mein wundervolles Blogger-Team – ohne euch wäre mein Buch vielleicht eines von vielen geblieben. Eure Unterstützung auf Social Media hat dafür gesorgt, dass meine Geschichte gesehen und geteilt wurde. Besonders danken möchte ich Rani – du warst weit mehr als eine Unterstützung: Du warst meine »Managerin« und mein Motivationscoach. Tag und Nacht warst du für mich da, hast organisiert, motiviert, mitgedacht. Ich werde dir das niemals vergessen.

Und zuletzt: Danke an mich selbst. Dafür, dass ich nicht aufgegeben habe, wenn die Zweifel lauter wurden. Und das wurden sie oft. Dass ich weitergeschrieben habe, selbst wenn die Worte nicht fließen wollten. Auch das geschah oft. Dieses Buch ist der Beweis, dass sich Durchhaltevermögen lohnt.

Daniel Heart

Wichtiger Hinweis

Dark Romance – ein Genre, das polarisiert. Obwohl diese Bücher aktuell sehr populär sind und leidenschaftlich gelesen werden, stehen sie immer wieder in der Kritik: Sie handeln von Macht, Grenzerfahrungen und oft von Beziehungen, die in der Realität gefährlich und schmerzhaft wären. Auch dieses Buch erzählt eine solche Geschichte – doch es bleibt Fiktion.

Nur weil wir solche Geschichten lesen, heißt das nicht, dass wir so etwas selbst erleben wollen – oder sollten. Fantasie und Realität sind zwei verschiedene Dinge. Niemand sollte Gewalt oder Missbrauch erleben müssen – ganz gleich, welches Geschlecht eine Person hat oder wie sie sich selbst sieht.

Solltest du beim Lesen das Gefühl bekommen, dass dich etwas belastet oder an eigene Erfahrungen erinnert, zögere nicht, dir Hilfe zu holen! Es ist keine Schande, Unterstützung zu suchen – im Gegenteil. Missbrauch kann jeden treffen.

Auf der folgenden Seite findest du Hilfe.

Hier findest du Kontakte und Anlaufstellen, die dich unterstützen:

Hilfsangebote in Deutschland:

Hilfetelefon »Gewalt gegen Frauen«
☎ 08000 116 016
💻 hilfetelefon.de

Hilfetelefon für Männer
☎ 0800 123 99 00
💻 maennerhilfetelefon.de

WEISSER RING – Opferhilfe
☎ 116 006
💻 weisser-ring.de

Deutsche Gesellschaft für Transidentität und Intersexualität (dgti e.V.)
☎ 06151 392962
💻 dgti.org

Hilfsangebote in Österreich:

Frauenhelpline gegen Gewalt
☎ 0800 222 555
💻 frauenhelpline.at

Männernotruf Österreich
☎ 0800 246 247
💻 maennernotruf.at

TransX – Verein für Transgender-Personen
💻 transx.at
✉ beratung@transx.at

Hilfsangebote in der Schweiz:

Opferhilfe Schweiz
💻 opferhilfe-schweiz.ch

Beratungsstelle für Frauen gegen Gewalt in Ehe und Partnerschaft
☎ 044 278 99 99
💻 bif-frauenberatung.ch

Männer.ch – Plattform Männerberatung
💻 maenner.ch/beratung/

Transgender Network Switzerland (TGNS)
💻 tgns.ch
✉ beratung@tgns.ch

Du bist nicht allein!
Reden hilft – oft ist der erste Schritt, sich jemandem anzuvertrauen, schon der Beginn der Heilung.

Der Autor

Daniel Heart – ein Kind der 80er. Seit 2012 verheiratet, hat er vielleicht genau deshalb eine besondere Schwäche für »spicy« Literatur – denn ein bisschen Würze schadet weder in der Liebe noch in der Fantasie.

Wenn er nicht gerade in ein gutes Buch vertieft ist oder sich bei Horrorfilmen fast zu Tode erschreckt, genießt er das Leben in einem kleinen, beschaulichen Ort – einem Ort, der so ruhig ist, dass man viel Zeit hat, sich in seiner Vorstellungskraft zu verlieren. Daniel glaubt daran, dass die besten Geschichten jene sind, die das Herz schneller schlagen lassen und uns an Orte führen, die wir sonst nie betreten würden.

Triggerwarnung

Dieses Buch behandelt folgende potenziell triggernde Themen:

1. Angstzustände & Panikattacken
2. Emotionale Manipulation
3. Familienkonflikte
4. Fesselung
5. Gefangenschaft
6. Körperliche Gewalt (inkl. Bedrohung, rohe Sprache, teils brutale Szenen)
7. Kontrollverlust
8. Kostümierter Täter (z. B. in Santa-Verkleidung)
9. Menschenhandel
10. Moralisch ambivalente Entscheidungen und Handlungen
11. Mord
12. Offenes Ende mit emotionaler Ambivalenz
13. Ohnmacht / Bewusstlosigkeit
14. Psychische Manipulation
15. Sexuelle Handlungen mit Machtgefälle
16. Sexuelle Spannung in Zwangssituationen

17. Sexueller Missbrauch an Schutzbefohlenen
18. Tod
19. Traumatische Erlebnisse / Flashbacks
20. Vergewaltigung an Erwachsenen und Schutzbefohlenen
21. Vertrauensbruch
22. Weihnachten als belastendes Setting (z. B. Isolation, Gewalt in festlichem Kontext)

FSC
www.fsc.org
MIX
Papier | Fördert gute Waldnutzung
FSC® C083411

Zeitfracht Medien GmbH
Ferdinand-Jühlke-Straße 7
99095 Erfurt, Deutschland
produktsicherheit@kolibri360.de

Druck:
CPI Druckdienstleistungen GmbH
im Auftrag der
Zeitfracht Medien GmbH
Ein Unternehmen der Zeitfracht - Gruppe
Ferdinand-Jühlke-Str. 7
99095 Erfurt